河出文庫

だれもが子供だったころ

内海隆一郎

河出書房新社

目次

だれもが子供だったころ

よそゆき

小学三年生の正彦が眉をひそめて、さも気が乗らないというふうに、わざとゆっくり靴をはいている。新調のレインコートを着たママが、玄関先でドアの鍵をチャラチャラいわせた。

「ねえ、早くしなさいよう」

さっきから三度めの催促である。

「うん、もうすぐ」

正彦は、わざとのんびりした声を出す。

ほんとうは、ママより先に表へ飛び出したい思いなのだ。はやる気持ちをこらえている。胸の奥から湧きあがってくる嬉しさを、懸命に押しころしている。

編みあげの革靴は新品だし、ジャケットもズボンも真新しのよそゆきだ。

今日は、芳子叔母さんの結婚式である。

正彦も式に参列し、ホテルのパーティーにも出席する。結婚式は初めてだ。

パパは会社から直行するので、式場まではママと二人で行くことになった。

せっかくの結婚式だというのに、午前中から雨が降ったり止んだりしている。表通りに出て、タクシーをひろわなければならない。

「ほんとにもう、グズなんだから」

ママは、かなりいらだっている。しかし、ここでしっかりしないと、もっと最悪の状態になることは目に見えている。正彦は、心を静めて立ちあがった。

「さあ、鍵をかけるから、どいて」

ママは正彦を押しやり、傘とハンドバッグを小脇にはさんだ。あせっているので、うまく鍵穴に入らないようだ。

「あんた、先に行ってタクシーを停めてて」

命じられて、正彦はためらった。これが困るんだ。こんなときが、いちばん危ないんだ、と思った。しかし、すでに駆け出していた。

予期したとおり、正彦は表通りまで行かないうちに足をすべらせた。濡れた路地の真ん中で、もののみごとに転んだ。

「なにやってんのよ、よそゆきが台なしじゃないの。まったく、あんたって子は」

ママの怒鳴り声がとどろいた。

「いつだって、こんなときに転ぶんだから。わざとやってるんじゃないでしょうね」

正彦は、うちのめされた思いで、すごすごと玄関へ戻ってきた。ジャケットもズボンもすっかり汚れてしまっていた。だから気をつけていたのにと思うと、自分ながら情けなかった。ママに責め立てられなくても、足をすべらせたときから泣きたい気持ちで自分を責めていた。

よそゆきを着たときは、いつも同じ過ちをくりかえす。用心しようとすればするほど、失敗してしまうのだ。

さんざんママに叱られながら、小さめのジャケットとズボンに着替えた。それは去年までの、よそゆきだった。

「せっかく新調したのに、ばかな子ね」

時間を気にしながら、ママはがっかりしたように言った。正彦は肩をすぼめた。

結婚式でもパーティーでも、正彦の気持ちは浮き立たなかった。ひさしぶりに従姉妹たちに会っても、きゅうくつなジャケットが気になって、ちっとも楽しくなかった。

夕方、帰宅すると、ほろ酔い機嫌のパパが大きな引出物をテーブルに置いてから、

「どうした、正彦、浮かない顔をして？」

と、心配そうに聞いた。

ママが出がけの失敗を暴露すると、パパは愉快そうに笑った。ばかにされたと思って、正彦は傷ついた。パパは自分で冷蔵庫からビールを出してきて、式服のままあぐらをかいた。

「おい、ちょっと来い」

テレビの前で肩をすぼめている正彦へ手招きした。そばに行くと、パパはビールを一息に飲んでから、おもむろに話し出した。

「おまえが失敗するのは、きっとパパからの遺伝なんだよ。パパも小学生のころは、よそゆきを着ると、いつも失敗したもんだ」

「ほんとう？」

正彦は目をかがやかせた。

「ああ。緊張のあまり失敗して、いつもお祖母(ばあ)ちゃんに叱られた」

「へえ、やっぱり転んだの？」

「いや、もっとみっともないんだ」

パパは、ママが聞いていないかどうか、後ろをふり返ってから声をひそめた。

「出がけに、おしっこに行きたくなるんだ。玄関で靴をはいていると、どうしてか急にそうなっちゃうんだよ。大あわてでトイレに駆け込んで、おしっこをすると」

パパは苦笑して、わざと哀しげに正彦を見た。

「あわててるから、いつもズボンにひっかけちゃうんだ。……濡らしたまま出ていくと、お祖母ちゃんが怒るのなんの」

正彦は噴き出した。すると、襖(ふすま)の陰からもママの苦しそうな笑い声が聞こえてきた。

指しゃぶり

「ほら、洋次、またあ」

兄の弘一に左腕をこづかれて、洋次はわれに返った。一緒にテレビを観ているうちに、いつのまにか左手の親指を口のなかに入れていた。

「やめろよな、赤ん坊じゃないんだろ」

「うん」

いやになっちゃう。ぼんやりすると、しぜんに親指が口に入っちゃうんだ。

もうすぐ入学式を迎えるというのに、洋次はまだ赤ん坊のときのクセが直っていない。自分では意識して直そうとしているのだが、なにかに見とれていたり、考えごとをしていたりすると、どうしてもやってしまう。

自分で気づくこともあるが、だれかに注意されるのがほとんどだ。ときには知らないうちに親指を口に出し入れしていたらしく、あとで赤くなっているのを見つけるということもある。ああ、またやっちゃったな、と思う。

恥ずかしくて、哀しい気持ちになる。

以前はそれほど気に病まなかったのだが、小学校の入学式が近づくにつれて、気持ちの落ち込むことが多くなった。学校でやっちゃったら、どうしよう。

そんなことになったら、みんなに赤ん坊あつかいされてしまうだろう。

幼稚園でも、年少組だったころは、まだ指しゃぶりの仲間がたくさんいた。だが、年長組ともなるとさすがに減って、いまだに直らないのは洋次ぐらいのものだ。

しかし、まわりの連中も少し前までは同類だったし、見慣れているせいもあって、あまり笑われたりはしない。

「洋次くん、ほら、またやってるわよ」

そっと先生が教えてくれると、洋次は口をへの字にして左手をポケットにしまう。

家ではママに叱られる。いきなり、ぴしゃりとたたいて、大声で怒鳴るのだ。

「洋次ったら、赤ちゃんじゃないんでしょ」

入学式で洋次が指をしゃぶっている姿を想像すると、ママとしても厳しくしないわけにはいかないのだろう。その思いは、小学二年生の弘一も同じらしく、まるで監視でもしているように目ざとく注意する。

少し前に、ママがパパと相談しているのを立ち聞きしたことがある。

「どうして直らないんでしょうねえ？」

すると、パパが笑いながら言った。

「おまえのオッパイが恋しいんだろう」

じょうだんじゃないよ。オッパイなんか、とっくにさよならしてるんだ。

反発をおぼえはしたが、ママの温かいオッパイが目の前にちらついて仕方がなかった。恥ずかしながら、パパの言うとおりなのかもしれない。

そのあとで、こっそり聞いてみた。

「ねえ、おにいちゃん。ママのオッパイ、のみたいときある？」

弘一は気味のわるい虫でも見るような目をして、しばらく弟を見つめていたが、

「ばか、とんま、まぬけ、ぶた……」

思いつくかぎりの罵声を投げつけた。

もしかしたら、痛いところを探られた思いだったのかもしれない。

弘一が洋次のクセを目のかたきにしはじめたのは、それからのことだ。

洋次は、ときどき兄が憎らしくなることがある。テレビを観ていても漫画を読んでいても、いつも兄が横目でうかがっている。まるで指をしゃぶるのを待ちかまえているみたいで、とてもテレビや漫画を楽しむどころではない。

そういえば、かつて荒療治を試みられたことがある。問題の親指に、ママが唐辛子をすりつけたのだ。口に入れると、飛び上がるようなショックを感じた。辛いというより、口のなかが焼けたみたいだった。泣き出した洋次がその指のまま目をこすった

ので、たいへんな騒ぎになった。ママもあわてたが、本人のほうは地獄の苦しみだった。しばらく目があけられなかったし、見えるようになっても長いこと白目のところが赤く充血していた。

しかし、いまでは自分から唐辛子をすりつけたい思いだ。

一月の末になって、お祖父(じい)ちゃんとお祖母ちゃんから宅配便でランドセルが届いた。

その日の夕ご飯のときだった。

「さあ、あと二カ月だわね」

と、ママが特に厳しい顔つきで言った。

「いつまでも赤ちゃんみたいじゃダメよ」

すると、ならんでご飯を食べていた弘一が、すかさず口をはさんだ。

「だいじょうぶだよ、ママ。……このごろ、洋次の指しゃぶり、だいぶ減ってるよ」

「あら、そうかしら？」

「ああ。ぼくがちゃんと教えてやってるからさ。なあ、洋次」

弘一は、弟の肩を肘でこづいた。

洋次はむしょうに嬉しくなって、兄のほうへ頭を寄せていった。

長すぎる袖

そのセーターを初めて着てみたとき、

「こんなんじゃ、やだよう」

と、小学四年生の裕之は叫んだ。

紺色は好きだし、柔らかな毛糸で着ごこちがよかったが、袖が長すぎて中指の先まで隠れてしまっていた。胴まわりや丈が少しぐらい大きめなのは我慢できるが、袖の長いのは始末に負えない。これでは、まるでペンギンだ。

「まあ、どうしたんでしょうね」

ママが困ったような表情になった。

「このあいだ、お電話があったとき、ちゃんと寸法を言ったはずなんだけど」

福島のお祖母ちゃんが、裕之のセーターを編むからと言ってきたのは三カ月前だった。いま七十三歳だが、もともと手先が器用で、裕之のパパが子供のころはシャツもセーターも、すべてお祖母ちゃんの手製だったという。

去年の夏、ゲートボール場へ行く途中で左足首をくじいてから、立ち居が不自由になった。あまりに手持ちぶさたなので、孫のセーターでも編もうと思いたったのだそうだ。

「いちばん初めに裕之のを編むんだって、はりきってらしたんだけど。……やっぱり、ひさしぶりなんで間違っちゃったのかしら？」

ママは、そっとつぶやいた。細かい編み目を数えるのは、お年寄りには厄介な仕事だ。お祖母ちゃんは数えちがいをしたのかもしれない。

「やだよ、こんなに長くちゃおかしいよう」

急いで脱ごうとすると、ママは裕之の腕を摑んで、ひどく優しい声で言った。

「せっかくお祖母ちゃんが編んでくださったんだからね。ほら、こうすればいいでしょ」

両手で袖口を巻き上げた。三段折りにされた袖は手首のところで太い輪となった。

「なんだよう、これじゃ手錠をかけられた犯人みたいじゃないかあ」

「我慢なさい。……いまに編み物のできる人に頼んで、直してもらってあげるから」

どうやらママは編み物が苦手らしい。どうりで、いままで手編みのセーターなど一度も着せてもらったことがない。

「いつものようなセーターがいいよ。デパートにあるやつのほうがいいよう」

「今年は、お祖母ちゃんが編んでくださるっていうんで、買わなかったの」

毎年秋の終わりになると、ママはバーゲンセールでセーターを買ってくる。そっちのほうは、胴まわりも丈もぴったりで、袖も決して長すぎるようなことはない。

そのかわり、ひと冬だけで小さくなってしまう。翌年には着られなくなって、ママは仕方なく押入れにしまい込む。

いつか弟が生まれたときに着せるつもりかな、と裕之は思っている。幼稚園のころのものから、ずっとため込んである。

「ね。慣れれば気になんないから、それ着て遊びに行ってらっしゃい」

とうとうママの仰せに従うことになって、裕之は太い袖口を気にしながら出ていった。案の定、遊び仲間が目ざとく見つけて、

「おまえ、腕輪してんのか？」

と、面白そうに聞いてきた。

べつの仲間は、感心したように言った。

「それって長くのばすと、手袋にもなるんだろ。便利なんだよな」

裕之は、すっかり落ち込んでしまった。

その夜、ママに内緒で、福島へ電話をした。

「あら、裕之くん、セーターのお礼？」

電話に出たのは、従姉の達子だった。中学三年生で、一人っ子の裕之にとっては口うるさい姉のような存在なのだ。

「お祖母ちゃん、もう寝たわよ。明日の朝、言っといてあげるから」

「あのう、セーターの袖、長すぎるんだけど直してくれるかって聞いといてください」

「袖が長くて、どうしていけないの？」

と、達子は意外なことを言った。

「あんた、すぐ大きくなるんでしょ」

「あ、……でも」

「その袖には、早く大きくなるようにって、お祖母ちゃんの願いがこもってるのよ」

「それは、……分かるけど」

「お祖母ちゃんは、もう目が弱ってるのよ。それなのに、寒くなる前にって、夜なかまで一所懸命に編んでくれたんじゃないの」

「あ、……はい」

「あたしなんか、うらやましいぐらいだわ。あんたのために、お祖母ちゃんは好きなテレビも観ないで編んでたんだから」

達子の語調が厳しくなってきたので、裕之は大あわてで受話器をおいた。

はずみで巻き上げた袖口がほどけて、てのひらが半分隠れてしまった。左手で巻き直していると、編み物をしているお祖母ちゃんのようすが目に浮かんだ。

「ぼく、やっぱりこのままでいいや」

つぶやくと、ふいに瞼の裏が熱くなった。

子猫

学習塾からの帰り道、小学四年生の智美はふと立ち止まって耳を澄ました。

どこかで、かすかな猫の声がする。

二月初めの午後六時すぎ。あたりはすっかり暗くなっていて、なかなか声の主を見つけることができなかった。路面に膝をついてブロック塀の下を見ていくと、小さな白い猫が一匹うずくまっていた。

「どうしたの、あんた?」

智美はバッグを置いて両手を差し出した。子猫は後ずさりして、塀のすきまへ逃げようとする。すかさず捕らえると、毛糸玉みたいに頼りなく軽いくせに、はげしく身をよじって親指に爪をたてた。

「だいじょうぶよ、いじめたりしないから」

胸に抱いて、そっと撫でてやった。子猫はようやくおとなしくなった。

まぶしいヘッドライトがひらめいて、自動車が一方通行の道へ入ってきた。子猫は、ブルゾンを着た智美の胸にしがみついた。

「よしよし、こわくない、こわくない」

智美はバッグを拾って、塀に身を寄せた。自動車をやりすごしてから、子猫をブルゾンのなかに抱いて歩きだした。

「おなか、すいてるんでしょ？」

話しかけながら、自分も空腹なことに気がついた。学校から帰宅するとクッキーを二枚食べただけで、ママに追い立てられるようにして塾へ行ったのだ。

「あんたのママは、どこにいるの？」

どこかで母猫が見守っているのではないかと思った。しかし、あたりへ目を配っても、暗いばかりで何も見えなかった。子猫を拾ったところから、だいぶ歩いてきていた。家はもうすぐそこだった。

ふいに智美はためらいをおぼえた。

きっとママに叱られちゃうわ。

これまで子猫を拾ったことなど一度もないが、ママの反応は予想できる。なにしろ床に髪の毛の一本でも落ちていると、すぐに掃除機を持ちだすほどの綺麗好きである。

「うちじゃ猫なんか飼わないわよ。さっさともとのところに置いてきなさい」

そう叫んで、さも汚いものでも見るように顔をしかめるにちがいない。

それは子猫を抱きあげたときに気づくべきことだった。むしろ、かすかな声が聞こえたとき、立ち止まってはいけなかったのだ。

「ごめんね。……あんたもママのとこへ帰んなさい。きっと探してるわよ」

胸のなかの子猫にささやきかけて、智美は暗い道を引き返した。

「こんど会ったとき、クッキーをあげるね。ほんとよ、約束するわ」

もとの場所へ戻っていきながら、しきりにそう言った。子猫は眠っているようだった。ブロック塀のところまで来たとき、智美は思わぬことに気づいた。そのあたりの道路沿いの塀は、ほとんどが似たようなブロック塀だった。

「あら、……どこだっけ？」

見当をつけるために、さっき自動車が入ってきた脇道を探してみたが、同じような道が幾筋もある。身を寄せた塀がどれであるか、まったく分からない。

「困ったわねえ、あんた、おぼえてない？」

子猫は、じっとしているばかりだ。

しばらく行ったり来たりしていたが、仕方なく心当ての場所に子猫を下ろした。胸に染みていた温み(ぬく)が失われた。

「ここで待ってれば、ママが迎えにきてくれるわよ。……クルマに気をつけてね」

子猫は、かすれた声で一声啼いてから、寒そうに身を縮めてうずくまった。

智美は子猫から目をそらして、すぐに駆けだした。しばらくして振り向いたが、そのあたりは暗闇に溶け込んでいた。智美は、しゃくりあげるように喘いだ。あの子のママは、ほんとに迎えに来るかしら。もし来なかったら、どうしよう。

玄関を入ると、ママの声がした。

「遅かったわねえ、なんかあったの？」

「ううん、なんにもない」

智美はブルゾンを脱ぎながら、まっすぐ勉強部屋へ向かった。なんとなくママと顔を合わせる気がしなかった。

「すぐご飯よ。今夜はハンバーグにしたわ」

ママの声が追いかけてきた。ハンバーグは智美の大好物である。ケチャップをたっぷりかけて食べるのが好きだ。

「あたし、食べたくない」

そっとつぶやいて、智美はドアを閉めた。

あの子を置いてきたところが、もとの場所と違っていて、そのために母猫と会えなかったら。それは、あたしのせいだわ。

「智美ったら、ご飯だって言ってるでしょ」

勉強部屋のドアがあいて、ママが言った。

「ハンバーグ、冷めちゃうじゃないの」

智美は涙のあふれてくるのを懸命にこらえながら、ママに背を向けてテキストを読んでいるふりをした。

ぼくのコピー

玄関を出るとき、小学三年生の恵一は怖い顔で弟をにらみつけた。

「おまえ、ついてくるなよな」

五歳の伸二は上目づかいになって、後ずさりながら口をもごもごさせた。弟がつぶやいていることを、恵一は分かっていた。

「……ついてくるなよな」

恵一の言葉を、口調もそっくりに真似している。いつでも、そうなのだ。ご飯をおかわりするときも、テレビを観るときも、おしっこに行くときでも、なんでも恵一の動作や言葉を真似しなければ気が済まないらしい。くしゃみをすると大急ぎで、

「はあくしょん」

と、声まで似せて叫ぶのだ。

「伸二くんは、お兄ちゃんのコピーだわね」

お隣のおばさんは、そう言って笑う。

恵一は、うんざりしている。

家のなかだけなら、まだ我慢できるが、隣近所の人にまで笑われるのは気に入らない。

昨日も、公園で遊んでいるとき、

「おまえら、なにやってんだ？」

と、近所の中学生たちに笑われた。

遊び仲間を待ちながら、ぶらぶら歩いている恵一のすぐ後ろに、小さな仲二がくっついてきて、そっくり同じしぐさをしていた。足をひきずって歩くクセも、ジーンズのポケットに両手をつっこんでいるのも、ときどき耳の穴をほじるのも、そっくりだ。

気がついて、恵一は振り向きざま言った。

「おまえ、やめろよな」

「おまえ、やめろよな」

仲二も後ろを振り向いて、そう言った。

「なんだよう、あっちに行けよう」

「なんだよう、あっちに行けよう」

とうとう恵一は怒って、殴りつけた。それで真似をしなくなったが、家に帰るとすぐまたはじまった。

「ママあ、おなかすいたよう」

「ママあ、おなかすいたよう」

「やったあ、ホットケーキだあ」

「やったあ、ホットケーキだあ」

恵一は食べながら、いきなり弟の頭を殴った。伸二は食べながら、べそをかいた。

「恵一ったら。なんで、ぶつのよ」

ママが伸二をかばって叱った。

「だってえ、真似ばっかりすんだもの」

恵一が訴えると、すぐあとに伸二は懲りずに泣き声のまま口真似をするのだ。

「伸二はね、あんたが大好きだから真似をするのよ。お兄ちゃんのようになりたいと思ってるから、そっくり真似するの」

そうママが教えてくれたが、恵一は頬をふくらませて弟をにらむばかりだった。

なにからなにまで真似される身にもなってもらいたいよ。もう二度と遊びに連れてなんか行くもんか。

それで、今日は学校から帰っても、恵一は弟をそばに寄せつけなかった。

「おまえ、ついてくるなよな」

弟を玄関に残して表へ飛び出すと、恵一は大急ぎで道路の向こうの角を曲がった。

追いかけてこられないようにと必死で走った。

公園で遊び仲間が待っていた。

「恵一くん、きょうは一人?」

「うん。……おいてきちゃった」

恵一は、さばさばした気持ちで答えた。

これで人に笑われることはない。いつものコダマのような鬱陶しい声も聞こえない。

さっそく仲間たちとサッカーをはじめた。

住宅地内の狭い公園だから、ドリブルを競うぐらいなものだが、いつもとちがって気持ちよく遊ぶことができる。やはり弟がそばにいないと、よけいな負担がなくていい。

「恵一くん、ほら、見てみろよ」

仲間の一人が急に動きをとめて、公園の隅を指さした。

「あそこに伸二くんが来てるぜ」

恵一が見ないふりをしてうかがうと、植え込みの手前に伸二がいた。ボールもないのに、しきりに一人で蹴るふりをしている。ぎごちなく両肘を突っ張って、両脚をもつれさせながら、のろのろと動きまわっている。

あまりのことに恵一は恥ずかしくなって、

「あいつ、おかしな格好してやがら。まるでペンギンのダンスじゃないか」

そういうと、仲間たちが噴き出した。

「あれ、きみの真似だぜ」

笑いながら、みんなで伸二と同じように、わざと両肘を張って両脚をもつれさせた。

「ほら、きみとそっくりだよ」

「うそだよ、あんな格好するもんか」

恵一は大声で怒鳴って、足もとのボールを蹴った。ボールは高く飛んでから地面に落ちて、伸二のほうへ転がっていった。

恵一は仲間とボールを見送っていたが、ふいに切なくなって、そっぽを向いた。

「伸二はね、……お兄ちゃんのようになりたいと思ってるから、そっくり真似するの」

昨日のママの言葉を思い出したからだ。

バスタオル

幼いころの昭夫を話題にすると、ママはいつも同じことばかり言う。

「ほんとに困ってしまったの。どうしても、そのタオルを離さないんだもの」

赤ん坊のときから躰に掛けていたバスタオルを、四、五歳になっても、昭夫はぜったい離そうとしなかった。

タオルに頰を押しつけて眠り、どこに行くにもマフラーのように巻いて歩く。ママが洗濯をしようと取り上げるたびに、はげしく泣きわめいたのだそうだ。

「そりゃ便利なタオルだったわよ。そばにあるだけで、いつも昭夫はご機嫌だし、安心してスヤスヤ眠るでしょ。……妙な話だけど、あたし妬(や)けたわ。だって、母親よりタオルのほうを恋しがるんですもの」

ママは話しながら複雑な表情になる。

「とうとうタオルは真っ黒に汚れて、臭いがするようになったの。それでも必死に摑んで気がくるったように泣くんで、どうしようもなかったのよ」

昭夫は、いま小学五年生である。

ママがその話をするたびに、怒った顔をして、そっぽを向く。いつまでも、そんな古いことをしゃべらなくてもいいじゃないかと、あからさまに批判的な表情をする。しかしママは、いちど話しはじめると、その思い出にひたるのが楽しいのか、なかなか口を閉ざそうとしない。ことに叔母さんが話し相手だと、タオルにしがみつく幼い昭夫の身ぶりまで加えてみせて、にぎやかなことおびただしい。

叔母さんに向かって、ママは言う。

「ほら、あんたの結婚式のときねえ。あのときも、それでたいへんだったのよ」

何十回も聞いたはずなのに、一緒になって笑っている叔母さんの気がしれない。

「式場でも披露宴でも、昭夫ったら汚いタオルを持参なんですもの。まわりの人が変な顔して見てるの。冷や汗かいちゃった」

ママが言うと、叔母さんも口をそろえる。

「そうそう。記念写真のなかでも昭夫ちゃんは、そのタオルをしっかり握ってるわよ」

叔母さんの結婚式は、かすかに昭夫もおぼえている。たしか五歳のときだった。

しかし、記念写真に写っているバスタオルは、幼い昭夫が片手で持てるぐらいに小さくなっている。昭夫の知らないあいだに、ママがこっそり切ったのだ。時間をかけて、端のほうから少しずつ切っていって、バスタオルがふつうのタオルぐらいになっていた。

「小児科のお医者さんに教えてもらったの。週に二、三回、一センチぐらいずつ切り取ったから、昭夫はまったく気がつかなかったわ」

少し後になって、ママが話しているのを偶然に昭夫は聞いた。そのときは、すでにハンカチぐらいの大きさしかなかった。

「あのタオル、まもなく昭夫のそばから見えなくなってしまってね。……あたしが捨ててしまったんだと思うけど」

そう言って、ママは思い出を話し終える。いつもきまって、最後の言葉まで同じだ。

「そのあとは、ふしぎなほど昭夫もタオルを恋しがらなくなったし。……きっと大きくなったので、自然に卒業してしまったのね」

「そうよ、昭夫ちゃんはお兄さんですもの。いつまでも赤ちゃんじゃないわよねえ」

叔母さんが優しい声をかけてくる。

昭夫に弟ができたのは、叔母さんの結婚式の四カ月後である。例の記念写真を見ても、ママのお腹のふくらんでいるのが分かる。

「昭夫で懲りたから、道夫が赤ちゃんのときは毎日タオルを変えたわよ。……おかげでタオルに執着はしなかったけど、そのかわり甘えっ子になっちゃってね」

弟の道夫は赤ん坊のときから、ママが添い寝しないと寝つかなかった。一人にすると、すぐにビイビイ泣きわめいた。六歳になったいまでも、ママにくっついてばかりいる。

「その点、昭夫は偉かったわねえ。一人置いとかれても泣かなかったものねえ」

しなだれかかる道夫を横目にしながら、急にママが猫なで声を出しはじめる。

昭夫はそっぽを向いたまま居間を出て、わざと足音もあらく勉強部屋へ向かう。怖い顔をして、後ろ手にドアをしめた。机に向かって、おもむろに引き出しをあける。いちばん奥のほうから、小さな丸い缶を取り出す。もとはドロップの缶で、ふたの金色の文字がだいぶかすれている。

そっとふたをあけて、缶のなかに入れてあるものを大事そうにつまみ上げた。積年の汚れで黒ずんだタオルの切れ端である。

ハンカチの半分ほどになったタオルに頬ずりをすると、昭夫は安らいだ表情になって、うっとりと目をとじる。

悲しいとき、辛いとき、落ち着かないときは、いつもこのお守りが助けてくれる。

思い出

中学二年生の香織には、ひとり笑いをしてしまうような懐かしい思い出がある。

節子叔母さんに連れられて、初めて動物園に行ったときのことだ。まだ幼稚園にも通っていなかったから、二歳ぐらいだったろう。

「ほら、香織、あれが象さんよ」

叔母さんが檻のなかを指さしていた。

「すごく大きいでしょう？」

しきりに注目させようとするのだが、当の香織の目はほかのところへ向いていた。

近くのベンチで、どこかのおじさんが大きなソフトクリームを食べていた。香織は、そのようすを見つめていたのだ。トロリとした白いかたまりが、おじさんの口のなかに入っていくたびに、そっと溜め息をついて、つばを飲みこんだ。

いきなり強い力で、つないでいた手をひっぱられた。そのまま象の檻から遠く離れたところまで引きずられていった。

節子叔母さんは、たしか二十歳ぐらいだったはずだ。うらやましそうに他人の食べているものを見ている姪が、いかにもはしたなくて恥ずかしかったようだ。

「ほんとに香織ったら嫌な子ね」

と、叱る声が耳に残っている。

気取り屋の叔母さんがあわてているようすを思い出すたびに、香織は笑ってしまう。

その叔母さんも、いまは結婚して、二人の子の母親になっている。

先日、ひさしぶりに幼い従弟妹を連れて遊びに来たとき、香織は懐かしくなって、

「あたしね、いまでもあのトロリとしたソフトクリームの白さが目に浮かぶの。だって、ほんとにおいしそうだったんだもの」

一人前に、そんな思い出話をした。

ところが叔母さんはママと顔を見合わせて、

「香織ったら、またそんなことを」

と、おかしそうに笑った。

「そんなはずはないわ。だって、あんたはまだ、たった二歳の赤ちゃんで、なんにも分からなかったんだもの」

「そうなのよ、香織。……動物園へ行ったことも、ソフトクリームを食べていたおじさんのことも、叔母さんが話したことをおぼえているだけなの。香織が大きくなるまでのあいだ、なんども繰り返し話したから」

ママまでが、さとすように口をそろえた。

香織は小鼻をふくらませて言いつのった。

「だってえ、あたし、おぼえてるんだもの。あれは夏の暑いときで、あのおじさんが木陰のベンチにぽつんと腰かけて、白い帽子で顔をあおぎながら、一人でソフトクリームを食べてたのよ」

「だから、それは叔母さんが教えてくれたことなの。……香織は、それを自分で見たんだと思いこんでるだけなのよ」

ママは説得するような口調になった。

叔母さんが優しい目をして、なぐさめるように言い添えた。

「ねえ、香織だって、……たった二歳の子が、そんな細かいところまでおぼえてるわけないと思うでしょう？」

そばで三歳の従妹が、口のまわりをチョコレートだらけにして、しきりに叔母さんにしなだれかかっていた。

「もういいわ。あたしは、おぼえてるもん」

香織は、つんとした顔をして見せた。

話はそれきりになって、ママと叔母さんはべつの話題に移っていった。

テレビゲームをしている小学二年生の従弟のそばへ行って、跳びまわるマリオを眺めていると、悔しさがこみ上げてきた。あたし、ほんとにおぼえてるのに。

もしもママや叔母さんの言うとおりだったとしたら、こんなにはっきりとおぼえているのは、どうしてなのかしら。

「ねえ、香織ちゃん、いっしょにやろう」

せがんでくる従弟に、香織は微笑んで見せた。

「あとでね。……いま考えごとしてるから」

あのおじさんの無精髭がのびた顔まで、まざまざとおぼえている。疲れきった表情で、黙々とソフトクリームを食べていた。考えていると、おじさんの顔がなんとなくパパに似ているような気がしてきた。夜遅く帰ってきて、一人でお茶漬けを食べているときのパパも、同じような表情をしている。

「ねえ、やろうよう、香織ちゃんったらあ」

また従弟が鼻声を出した。

「……いいわよ」

香織は優しくうなずいた。

だれがなんと言ったって、あたしははっきりおぼえてるんだもん。これからだって思い出すたびに、気取り屋の叔母さんのあわてぶりを笑っちゃおう。

はしゃいでいる従弟の隣に腰かけながら、

「あのおじさん、……ソフトクリームをほんとにおいしそうに食べてた」

香織は、つぶやいた。

ベランダから

三階のベランダから、マンションの前の通りがよく見える。三十メートルほど先に曲がり角があって、そこからつぎつぎに人やクルマが出てくる。

真由美はベランダの鉄柵のあいだから、夕方の通りを眺めている。二月半ばの外気は冷たいが、フード付きのコートを着て、両手に手袋をしていれば平気だ。まだ四歳半だが、コートぐらい一人で着ることができる。手袋だって、ちゃんと自分ではめられる。

六時すぎには、パパが曲がり角から出てくるはずだ。いつもベランダの真由美を見つけて、大きく手をふってくれる。

ずいぶん以前から、毎日こうしてパパを迎えてきた。赤ん坊のときはママに抱っこされていたようだが、三歳になったころから一人でベランダに立つようになった。

パパを見つけると、手をふりながら、

「ママあ、パパがかえってきたよう」

と、キッチンで夕食のしたくをしているママに大声で知らせる。

パパは三十歳で、背が高く脚も長い。いつも元気そうに大股で歩く。だから、曲がり角からマンションまでの道のりを、あっというまに歩いてきてしまう。はしゃいで見守るうちに、パパは早足で通りをやってきて、マンションへ入ってくる。真由美は玄関のドアへ駆けつける。すると、廊下でエレベーターがチンと鳴って、

「ただいまあ」

と言いながら、パパがドアをあける。真由美は歓声を上げて、その胸へ飛び込む。

ベランダには、みぞれ混じりの冷たい風が吹きつけている。いつのまにか夕闇が下りていて、曲がり角のあたりも、ぼんやりしてしまっている。

そこへ目をこらしつづけながら、真由美はしきりにつぶやいている。

「パパ、はやくこないかな」

鉄柵を摑んで背のびしても、パパの姿は見えない。昨日も一昨日もそうだった。じつのところ、パパには十日も会っていない。

八日前は、パパが留守なのに、大勢の黒い服を着た人たちが訪ねてきた。お祖母ちゃんや叔父さんも来たし、マンションに住む人たちもつぎつぎにやってきた。

狭い部屋に人がたくさん集まったので、とても窮屈だった。そのうえ部屋の奥には白い壇が飾られ、変な臭いの煙がただよった。

真由美は気分がわるくなって、寝室に閉じこもった。ドアの向こうから、だれかが

泣く声が聞こえてきた。あの声は、もしかしたらママだったかもしれない。

やがてクルマに乗せられて、みんなと一緒にどこか遠いところへ行った。そのときのことは、途中で眠ってしまったので、ほとんどおぼえていない。

みんなが帰ったあと、お祖母ちゃんが三日ほど泊まっていった。

部屋の奥の白い壇は、最初より小さくなったが、あいかわらず変な臭いのする煙をただよわせている。煙の向こう側に大きな写真が飾ってある。そこでパパが笑っている。

「パパは死んじゃったのよ」

その写真を見つめながら、ママが言った。お祖母ちゃんが帰っていった日の夜だった。

「パパ、しんじゃったの？」

真由美は、おうむ返しに聞いた。

しかし、ほんとはママが何を言っているのか、まるきり分からなかった。

ただ、ママが涙を流しているのが悲しかった。ママの胸にしがみつくと、息もできないほど抱きしめられた。

「パパ、はやくこないかな」

真由美は、すっかり暗くなった通りを見下ろしろがら、またつぶやいている。

「真由美ったら、もう入ってらっしゃい」

ガラス戸の向こうで、ママが叫んでいる。悲しい目をして、じっと見つめている。

「いつまでもそんなところにいると、風邪をひいちゃうわよ。ねえ、ご飯を食べましょう」

ママの声はかすれている。もしかすると、また泣いているのかもしれない。

「だいじょうぶよ、ママ。もうすぐパパ、かえってくるから」

真由美はガラス戸へ向かって言う。

「もうすぐ、ただいまあって、かえってくるから、まっててね」

下の通りに、ぽつんぽつんと街灯がともっている。曲がり角の手前にも一つともっていて、かすかに路面を照らしている。

角から出てきた人びとが、その明かりの下を通ってくる。しかし、真由美のパパはなかなかあらわれない。

「パパったら、はやくきてよう」

真由美は頬をふくらませて、いらだたしく足踏みをはじめている。

パパが帰ってきたら、うんと叱ってやらなくちゃと思っている。

天井の顔

その朝、学校へ出かける前に、兄の正雄がいきなり紀美子の部屋の襖(ふすま)をあけて、

「おい、熱がまだ下がらないんだって？」

と、いつもの無表情な顔を突き出した。

紀美子より六つの上の中学三年生である。

いつもは何につけても無愛想で、おまえみたいな妹なんて知らないよ、という感じだ。二人きりの兄妹なのに、年が離れているせいか、一緒に遊んでもらった覚えもない。

小学三年生の紀美子は、その兄があまり好きではない。パパとはちがって、よその男の人という気がする。

正雄は部屋のなかに入ってきて、紀美子の寝ている枕もとにしゃがみ込んだ。

「そんな風邪うつすなよな。……おれは試験が近いんだからさ」

と、ぶっきらぼうに言った。

うつされたくないんなら入ってこなければいいのに、と紀美子は思った。しかし、

黙って正雄の顔を見上げていた。

前夜から三十九度前後の熱がつづいて、頭が重く、うっとうしくて仕方がなかった。口のなかはふやけたように腫れぼったくて、ものを言う気力もない。息を吸ったり吐いたりするだけで、やっとという状態なのだ。

正雄に風邪をうつしてはいけないと思って、紀美子は掛け布団を引き上げて口と鼻を埋めた。

正雄は高校受験のため、中学に入ったときから猛勉強をしてきた。学習塾に通うばかりか、家に帰ってきても夜遅くまで机に向かっていた。おかげで模擬試験では、かなりいい線をいっているらしい。

あと数日で、いよいよ入学試験である。いま風邪をうつしたら、とんでもないことになる。三年間の勉強が、フイになってしまうかもしれないのだ。

「紀美子、いくつ顔を見つけた？」

枕もとにしゃがんだ正雄が、とつぜん天井を見上げて言った。

「この部屋には、顔が九個もあるんだぜ」

天井の一角を指さしている。

紀美子は、ぼんやりした目でそこを見た。すると、たしかに人の顔のようなものがあった。天井板にある年輪の模様が、顎のしゃくれた横顔のように見える。

「な、あるだろ？　これで一個。あとの八個は自分で見つけてみろよ」

正雄は勢いよく立ち上がり、そう言い残して部屋を出ていった。

三年前まで、ここは正雄の部屋だった。中学に入ると同時に、正雄は二階の六畳間へ移り、この四畳半が小学校に入学したばかりの紀美子の部屋になった。

この部屋にいたとき、お兄ちゃんは寝ながら天井を見つめてたことがあるんだろうな。全部で九個も見つけたんだから、きっと熱心に探したのにちがいないわ。

そんなことを考えながら、紀美子は天井に目を泳がせた。

顔を探していると、いつのまにか気分が楽になってきた。熱が下がるまでは、じっと寝ていなければならないと覚悟していたのに、それほど苦痛にも感じなくなった。

途中で何度も眠ったので、時間はかかったが、夕方までには七個の顔を見つけた。ほとんどは年輪や節の模様だった。なかには汚れか染みとしか思えないものもあった。

日が落ちるにつれて、天井は隅のほうから暗くなっていった。もう見つけるのはムリだと思ったとき、勢いよく襖があいて、

「おい紀美子。……みんな見つけたか？」

正雄が、あいかわらずの無愛想な顔をして立っていた。

紀美子は微笑んで、かぶりをふった。

「あと一個だけ、見つからないの」

「まあ、……そうだろうな」

正雄は壁のスイッチを押した。天井の電灯がついて部屋じゅうが明るくなった。

「ほら、あそこの隅を見ろよ、あるだろ？」

天井に近い壁面に薄い影が出ている。なにかの拍子にできた凹みが、電灯の明かりに影を浮かせて、人の横顔に見えるのだった。

「……なあんだ」

だまされたような気もしたが、不思議に腹は立たなかった。むしろ、これまでにないほど楽しい気分だった。

「お兄ちゃん。あたし、熱下がったのよ」

紀美子は寝床から微笑んで見せた。

正雄は珍しく笑いかけたが、すぐに両手で自分の鼻と口をおおって、

「あぶねえ、あぶねえ。風邪って治りかけてるときがいちばんうつりやすいんだぜ」

そう言いながら、部屋を出ていった。

おしゃべり

夕方、買い物から帰ってきたママが、いつものように怖い顔をして言う。

「道子ったら、また、お隣のおばさんに何をしゃべったのよう」

留守番をしていた五歳の道子は、絵本から目を上げて、ぼんやりママを見つめる。王さまの理髪師が地面に掘った穴に向かって秘密を叫んでいる、とても面白い場面を読んでいたところなので、ママの言うことがすぐにはのみ込めない。

「あんた、……また、パパとママが大喧嘩したなんて言ったんでしょ」

ああ、そのことか、と道子は思う。

今朝、マンションの前庭で遊んでいたら、生ゴミを出しにきたおばさんに声をかけられた。おばさんは、よく道子をお茶に誘ってくれる。自分のところに子供がいないせいか、とても道子を可愛がっている。

お隣のダイニングキッチンは壁も天井も真っ白で明るく、テーブルには綺麗な花も飾ってあって、とても素敵だ。そこで、クッキーとミルクティーをご馳走になる。

おばさんは道子を大人あつかいして、一緒に朝のティータイムを楽しむのだ。

二人で、いろいろなお話をする。おばさんの幼かったころの思い出や、おじさんと結婚したいきさつを聞いたこともある。しかし、たいがいは道子の身のまわりで起こったことを話すほうが多い。道子は、なるべく大人の興味を引くような話題をしゃべるようにしている。

一口飲んだティーカップを気取った手つきでテーブルの上に戻しては、一人前の大人のように微笑みながらおしゃべりをする。それが、なんとも楽しく、気持ちがいい。

「ゆうべは、たいへんだったのよ。うちのパパとママが、おおきなこえをだして、けんかして。……おたくにもきこえなかった？」

「あら、そう。聞こえなかったわ」

おばさんは優雅に小首を傾げて答える。興味津々なことが、道子には分かる。

「あのひとたち、りこんするわよ、きっと。そしたら、あたし、どうなるのかしら」

テーブルの下で、両足をこすり合わせながら、道子は不安そうな声を出す。椅子が高くて、足が床にとどいていない。

「そうなったら、うちの子になんなさい。おばさんがママになったげる」

おばさんが楽しげに言って、道子に微笑みかけ、クッキーをすすめてくれる。

「ほんとう？」

道子は嬉しそうに顔をかがやかせる。

これが二人のあいだの遊戯だということを道子もおばさんも、ちゃんと心得ている。

「でも、離婚にならなければいいわね」

「……あたしも、そうおもうの」

二人は気づかわしそうにうなずき合って、クッキーをかじる。素敵なティータイムが、ゆるやかに流れていく。

「道子ったら、うちのことをお隣で話すの、やめてちょうだいって言ったじゃないの」

ママは、怖い顔で言いつづけている。

「いまマーケットで会ったら、道子ちゃんが可哀そうだからなんて、おばさんが言うじゃないの。……恥ずかしいったらないわ」

道子の目に、パパの渋い顔が浮かぶ。

パパが会社から帰ってきたら、きっとまたママはこのことを話すにきまっている。

いつも、そうなのだ。

ママが困り切ったように道子のおしゃべりを告げ口すると、パパは黙ったまま顔をしかめる。それから、まるで取ってつけたように道子へ笑いかける。

「おしゃべりだな、道子は」

と明るく言って、道子の額を指ではじく。

「これじゃ、気をつけないといかんな」

その言葉どおりに、その夜からパパとママは仲よくテレビを観たり、話をしたりする。けっして怒鳴り合うことなどない。

しかし、三、四日すると、またまた夜なかに大声が聞こえてきて、道子は目を覚ます。パパの怒鳴り声に負けじとばかり、ママは金切り声をはりあげて対抗する。

何が喧嘩の原因なのか分からないけれど、たいがいにしてほしいと、ベッドのなかで道子は思う。これじゃ眠れやしない。

翌朝、道子はマンションの前庭で遊びながら、お隣のおばさんがゴミを出しにくるのを待っている。

「あら、道子ちゃん、おはよう」

案の定、おばさんが声をかけてくる。

「ねえ、お茶にしましょうか?」

「ええ、いいわね」

道子は大人のように微笑んで見せて、おばさんのあとについていく。

「今朝はね、おいしいレモンパイがあるの。道子ちゃんのお気に入るといいけど」

おばさんは機嫌よく話しはじめる。

スズメ

雨のなかを自転車に乗っていた敏夫は、急にブレーキをかけた。通りすぎたばかりの地面に、動いている小さなものを見たからだ。

「あれ、小鳥じゃなかったかな」

ひとり言をつぶやきながら、自転車を下りて数メートル戻ってみると、スズメが一羽、水たまりで翼をぱたつかせていた。

しきりに逃げようとするのだが、どうやら羽を傷めているらしく、飛びたつことができないようだ。雨に打たれながら、懸命に水のなかを跳ねまわっている。

小学四年生の敏夫は胸をときめかせ、両手を突き出して近づいた。スズメを生け捕りにできるなんて、まるで夢のようだった。

だいぶ以前に、パパが少年時代のことを話してくれた。東北の小さな町で暮らしていたパパは、屋根の上の巣から落ちてきた子スズメを拾ってきて育てたことがあった。

「スズメの子は、よくなついててね。パパが外へ遊びにいくときは、かならずついてくるんだ。ピーコ、と呼ぶと、どこからか飛んできて、パパの頭の上にとまるんだよ」

その思い出話に、敏夫は憧れていた。

三年前、パパは交通事故で亡くなった。運転していた乗用車が対向車線へ飛び出して大型トラックに正面衝突した。居眠り運転ということだった。

そのあとママは勤めに出るようになって、ほぼ二年のあいだ、敏夫は淋しい毎日を送った。しかし今年に入ってまもなく、ママは仕事を辞めて、一日じゅう家にいるようになった。仕事先で出会った人と再婚したのだ。

新しく父親になった人は、亡くなったパパよりだいぶ若いらしい。初めて敏夫と会ったときも、子供の扱いに慣れていないようで、なんとなく居心地がわるそうだった。母子の住んでいた家で一緒に暮らすようになってから、すでに三カ月近くたつが、いまだに新しい父子は打ち解けていない。

雨のなか、敏夫は自転車をこいで家へ急いだ。野球帽のなかにスズメを包んで、荷台にのせていた。ズブ濡れになって帰りつくと、段ボール箱を見つけてきてスズメを入れた。

「なにしてんの、敏夫ちゃん？」

ママが心配そうに敏夫の部屋を覗いた。

新しい父が来てから、ひどく優しい話し方をするようになった。敏夫の顔色をうかがうようなところも見られる。

「あら、スズメじゃない。どうしたの？」

「ケガしてるんだ、こいつ」

敏夫は、わざと無愛想に答えた。ママが飼うのを反対するのではないかと思った。

「羽をケガしてるのなら、いくら手当てしてもダメなんじゃないかしら」

ママは気のない声で言ってから、ふと気がついたように段ボール箱を指さした。

「その箱、どこから持ってきたの？」

「むこうの部屋にあった」

「やだ。それ、パパのお荷物じゃない？」

ママだけが、新しい父をパパと呼んでいる。

敏夫はまだ、そんな気になれない。

「ねえ、中身はどうしたの？」

「むこうの部屋においてきたよ」

「やあねえ、勝手なことをして」

新しい父は引っ越してきて三カ月になるのに、まだ荷物の整理を終えていないようだ。おかげで手ごろな箱が手に入った。

「ダメでしょ、パパの大事なものが入ってたかもしれないのに」

箱のなかには、スズメの糞が飛び散っている。ママは怖い顔をして敏夫をにらんだ。

夕方、新しい父が帰宅すると、ママは気づかった声で段ボール箱のことを打ち明けた。

「ごめんなさいね。あの子ったら、ほんとにしようがないんだから」

すると、ママの話にはおかまいなく、

「へえ、スズメを拾ってきたのかい」

と言って、新しい父は敏夫の部屋へやってきた。いままでは、めったに覗くこともなかったのに、さっさと部屋に入り込んで、

「ケガの手当てはしてやったのか？」

「うん、マーキュロをつけてやった。でも、羽をケガしてるから手当てしてもダメだろうって、ママが言うんだ」

敏夫は不服そうに唇をゆがめた。

新しい父は、意外に慣れた手つきでスズメを摑むと、翼のあちこちを点検した。

「よし。薬箱を持っといで」

威厳のある声で、てきぱきと命じた。

「骨が折れているようだから、包帯と割り箸で固定してやろう。それから、手当てが済んだら、餌と水をやるんだぞ。ママに、お米かパンくずをもらっておいで」

敏夫は、いそいそと従った。そのあいだにスズメの手当てが手際よく進められた。

「ようし。これで、なんとか治るだろう」

新しい父が敏夫の髪を手荒く撫でた。

敏夫は嬉しくなって、笑いかけた。

「ねえ、……スズメ、飼ったことあるの？」

「ああ、子供のころにね」

新しいパパは、そう言って笑い返した。

隣の犬

小学六年生の昇が学校から帰ってくると、おやつを出してくれながらママが言った。

「お隣のベルくん、もうダメらしいのよ」

昇はチーズバーガーを片手に持ったまま、勉強部屋の窓へ駆けよった。すぐそばにキンヒバの垣根があって、その向こうに隣家の庭が見えた。しかし、いつになく静かで、動く影もまったくなかった。

「すっかり弱ってしまって、もう食べものを受けつけないんですって」

ママが背後に来て、沈んだ声を出した。それはママにも昇にも悲しいことだった。

ベルは、お隣の飼い犬である。

お隣のおじさんの話では秋田犬の雑種だそうだが、それにしては耳が垂れているし、尻尾も巻いていない。薄茶色の毛並みもあまり綺麗とはいえず、図体だけが大きくて、いつものっそり寝ころんでいる。

昇の生まれる前からいたから、もう十四、五年は飼われていることになる。昇がものごころついたころには、まだ若くて元気だった。

「ベルくん、ベルくん」

裏の窓から幼い昇が呼ぶと、垣根のすきまから顔を出して、まるで笑いかけるような目を向けてきた。おやつのクッキーを分けてやると、尻尾をはげしく振った。

昇は幼稚園に通うようになり、やがて小学生になったが、毎日きまって裏の窓からベルに声をかけた。すると、ベルは垣根のすきまから顔を出して、やあ、お帰り、というふうに昇を見上げるのだった。

お隣のおじさんがベルを散歩に連れていくのは早朝ときまっていたので、それにつきあったことは一度もない。隣家へ遊びに行ったこともなかったから、ベルと接するのはいつも垣根をはさんでのことだった。

お隣のおじさんやおばさんが、ときどき垣根の向こうから話しかけてきた。

「ベルは昇くんが大好きなんだね。昇くんの声が聞こえると、ぐっすり眠っていても耳を立てて、むっくり起き上がるんだよ」

昇が赤ん坊だったころから、いつもそうしていたというから、おやつの分け前が目当てというわけではないようだ。

「このごろベルは年をとってしまって、身動きするのもおっくうらしいんだけど、昇ちゃんの声がすると、かならず垣根のところへ近よっていこうとするのよ」

昇が小学六年生になるまでに、いつのまにかベルは老犬になってしまった。

そして、この四日ほどのあいだ――。

いつものように昇が呼んでも、ベルは顔を出さなくなっていた。

「お隣のおばさんの話じゃ、もうあきらめてくださいって、獣医さんに言われたそうなの」

ママが垣根を見つめながら告げた。

「人間なら八十歳すぎの年齢だし、フィラリヤという病気にもかかってるんですって」

昇は手にしたチーズバーガーを、いきなり半分にちぎった。窓を開けて、いつもの垣根のすきまへ放って、大きな声で叫んだ。

「ベルくん、がんばれ、ベルくん」

しかし、しんと静まりかえった隣家の庭からは、なんの反応もなかった。

昇は、しばらく窓辺にたたずんでいたが、肩を落として勉強机に向かった。チーズバーガーの残った半分を食べたが、いつもの美味しさは感じられなかった。

学習塾へ行く時間がきたので、昇はあわただしくテキストをそろえて家を出た。

道々、ベルのことで頭がいっぱいだった。授業のあいだも、ひっきりなしにベルの顔が目の前に浮かんだ。垣根のすきまから、なごんだ目を向けてきたようすを思い出して、昇はひそかに涙ぐんだ。

家に帰ったのは八時すぎだった。

ダイニングキッチンへ入っていくと、パパとママがテーブルをはさんで腰かけていた。

「おかえり。……腹がすいたろう」

いつにない優しい顔をしてパパが言った。ママがご飯をよそってくれた。いつもなら、手を洗ったか、うがいしたか、とうるさいのに、そんなことは一言も口にしなかった。

「ベルくん、死んじゃったの？」

昇のほうから聞いた。

パパとママが顔を見合わせた。

「そうなの。……あんたが塾へ出かけたあと、すぐだったらしいわ」

ママが、いたわる目をして言った。

昇は目をつむって、うなずいた。それから黙ったまま勉強部屋へ行った。窓から暗い垣根を見つめていると、ママがやってきて、

「さっき、お隣のおばさんが見えてね」

と、うるんだ声で言った。

「ベルくん、がんばれって叫んだ声が聞こえたそうよ。……その声がしたとき、苦し

そうな息をしていたベルくんが、急に耳を立てて、起き上がろうとしたらしいの」

昇は肩をふるわせながら、いつまでも垣根のすきまに目を当てつづけていた。

お世話やき

幼稚園にいるあいだ、いつも千佳ちゃんに見られているような気がする。

俊郎が何かヘマをすると、すぐに飛んできて手伝ったり後始末をしてくれる。同じ五歳なのに、ずっと年上のお姉さんのようだ。

たとえば、うがいの水を胸にこぼすと、

「あらあら、こんなにぬらしちゃって」

ママみたいに言いながら、自分のハンカチを出して、素早く拭いてくれる。

「はい、もうへいきよ」

笑みを浮かべるところなどは、幼稚園の先生より、ずっと優しいぐらいである。

俊郎は遊びに夢中になって、トイレに行くのを我慢してしまうことがよくある。わるいクセだが、そうしているうちに、とつぜん耐えられないほど、おしっこがしたくなる。

もらしそうになってトイレへ駆けだすと、すぐ後ろに千佳ちゃんがついてくるのだ。

「だいじょうぶ、ねえ、だいじょうぶ？」

だが、手伝ってもらうわけにはいかない。

足踏みしながらファスナーを下ろしていると、千佳ちゃんはおろおろして見ている。

「ばか、あっちへいけ」

半泣きになりながら、俊郎は叫ぶ。

こうしたすべてが、俊郎にとっては有りがた迷惑なのだ。千佳ちゃんにお世話をやかれると、俊郎は不本意にも三歳児の年少組へ逆戻りさせられたような気がする。

だから最近では、千佳ちゃんがそばにくると、俊郎はつい大声でわめきちらす。

「やだよう、あっちにいけよう」

すると千佳ちゃんは、よけい優しくなり、

「いいこだから、おとなしくしましょうね」

などと言って、なだめにかかるのだ。

なんとか逃れようとすると、千佳ちゃんのほうは、そうはさせじと、かえって熱心にお世話をやこうとする。

俊郎は腹がたって、力まかせに千佳ちゃんを押しのける。ときには、ぶつこともある。

すると、千佳ちゃんは一歩下がって立ちつくしたまま、哀しい目で見つめるのだ。

幼稚園から帰って、俊郎はママに訴えた。

「ぼく、千佳ちゃん、きらいだよう」

「あら、どうして、可愛い子じゃないの」

ママは少しも理解していない。

どう説明していいか分からなくて、俊郎はもどかしく言いつのる。

「だって、あいつ、ベタベタくっついてきて、よけいなことばっかりするんだもん」

「あの子、あんたが好きなのかもね」

「やだよ、あんなやつ」

「いいじゃない、可愛い子にモテちゃって」

ママは、からかうように笑った。

まもなく催された幼稚園の発表会のときは、いちばん腹がたった。

年長組の全員が、舞台の上で横一列にならんで、お遊戯をしていた。列の中央で音楽に合わせて両手を動かしながら、俊郎は観客席のなかにママの姿を探した。

それで、知らず知らずのうちに、手もとがお留守になってしまったようだ。

列の右端にいた千佳ちゃんが、いつのまにか俊郎の背後にまわって来ていた。後ろから俊郎の両腕をとって、リズムに合わさせようとしているのだった。

観客席がわき上がった。みんなが二人を指さして笑っていた。

その光景は、ママの撮影したホームビデオにも、しっかり写っている。かいがいしく両腕を動かしている千佳ちゃんの前で、俊郎が操り人形のように踊らされていた。

「あんなやつ、だいっきらいだよ」

俊郎はビデオの画面へ向かって叫んだ。

ところが、このことをきっかけにしてか、ママ同士が急に親しくなってしまった。

「千佳ちゃんのママにお呼ばれしてるのよ。あんたも一緒にいらっしゃい」

いやがる俊郎をむりやり引き連れて、千佳ちゃんの家へ遊びにいくことになった。よそゆきに着替えさせられた俊郎は、頬をふくまらせて、しぶしぶついていった。

千佳ちゃんの家は、幼稚園のそばにあるマンションの一室だった。ドアがひらくと、大きなお腹をかかえた千佳ちゃんのママが出迎えた。奥から幼い子供の泣き声が聞こえた。

「ごめんなさい。……うちは子供が多くて、いつもこんなにうるさいのよ」

言葉ほどには気にしていないようすで、千佳ちゃんのママは二人を招き入れた。

居間へ通されて、俊郎はびっくりした。

そっくりな顔をした双子の男の子がならんで立っていた。そばで小さな女の子を抱いた千佳ちゃんが嬉しそうに微笑んでいた。

「うちは、千佳が弟や妹の世話をしてくれるから大助かりなのよ」

と、千佳ちゃんのママが言った。

「この子ったら、大きくなったら幼稚園の先生になりたいんですって」

千佳ちゃんは優しい目をして、じっと俊郎を見つめていた。

友だち

朝ご飯のとき、いつものようにママがいらいらした声で正志を叱った。

「何やってんの。ぼやっとしないで早く食べてしまいなさい。学校に遅れるわよ」

しかし、小学一年生の正志は左手にトースト、右手にミルクの入ったコップを持って、もう五、六分も窓の外へ目を向けたままだ。

ダイニングキッチンの窓から見える隣の屋根に、ピーターパンが腰かけていて、さかんに話しかけてくる。学校へなんか行かないで一緒に遊ぼうと誘っている。

「ほら、正志ったら、しっかりしてよう」

ママが目の前に片手を出して、視界をさえぎった。スプーンを持った手が、ピーターパンの姿を消してしまった。

正志は、われに返って食事をつづけた。いつのまにかトーストは冷たくなっていた。

「あんたねえ、そんなふうだから、学校でもみんなにからかわれるのよ。授業中も給食時間も、ボケッとしてるそうじゃないの」

ママは、ここぞとばかり責めたててくる。ぼんやりしてばかりいる息子が情けなくて、ついつい噛みついてしまうらしい。

正志が何を見ているのか、だれと話をしているのか、まったく知らない。ただ、ぼんやりしているときの正志が、ふだんより楽しげな表情をしていて、柔らかい笑みさえ浮かべているのは見てとれる。

「困った子ねえ。悲しくなっちゃうわ」

ママが鼻声になって、紅茶をすすった。

ママがパパと離婚したの三年前である。それからずっと二人暮らしをつづけている。だが、美容院で働いているママとは、朝と夜の食事どきにテーブルで向かい合うだけだ。正志は、小学校へ上がるまで、ほとんど一人で絵本やテレビを観ていた。

「出かける前に、後片付けをしなくちゃなんないのよ。早く食べてちょうだいな」

ママは、いつもこうして急き(せ)たててばかりいる。正志はトーストを口いっぱいにほおばり、ミルクで喉に流し込む。

そっと窓の外を見たが、ピーターパンはどこかへ飛んでいってしまったあとだった。

勉強部屋で教科書をそろえていると、カーテンの裾からドラえもんが顔を出して、面白い機械を貸してあげるから、ちょっとだけ遊んでみないかと言った。

正志は手をとめて、ドラえもんに笑いかけた。どんな機械なのか見てみたかった。

「正志。またグズグズしてるんじゃないでしょうね。学校に遅れるわよ」

ママの声がすると同時に、ドラえもんは頭を掻きながら消えてしまった。

ランドセルを背負って勉強部屋を出ると、ママがハンカチを渡しながら、

「しっかりお勉強してきてね」

と、優しく玄関へ送り出してくれた。

玄関の外では、くまのプーさんがのんびり空を見上げていた。一緒に散歩でもしよう、と待っていたらしい。

正志はプーさんとならんで歩きはじめた。大きなプーさんは正志を見下ろして、川で釣りをしたことや、チョウチョウを追いかけて遠くの山まで行ってしまったことなど、道々いろんな話をしてくれる。おかげで学校へ行き着くまで退屈することがない。

「おい、正志くん、おはよう」

校門のところで、担任の先生に声をかけられた。プーさんの大きな躰が、ゆっくりと消えていった。

「遅刻ぎりぎりだぞ。ほら、駆け足だ」

先生は正志の尻をたたいて叫んだ。

授業時間にはピノキオが教壇の上から、しきりに話しかけてきたし、アンパンマンが先生の頭の上を飛びまわった。そのたびに、正志は楽しくなって、くすくす笑った。先生も同級生たちも、いつものことだからと思うらしく、知らん顔をしていた。

給食時間には、長靴をはいたネコがやってきて、ヨーグルトを分けてくれないかと頼んだ。だから半分だけ残しておいた。

学校から帰って、家のドアを開けると、いつものようにドラえもんが出迎えてくれた。正志は、面白い機械を見せてとねだった。ドラえもんは、お腹のポケットから特製冷蔵庫をとり出した。なかには、おやつが入っていた。それは、じつはママが用意しておいてくれたケーキだった。

正志はケーキを細かく切って、友だちの人数に分けた。やがてピーターパンやプーさんやピノキオほか、たくさんの友だちがやってきて、正志と一緒にテレビを観たり遊んだりしてくれる。

夜になると、ママが帰ってきて、あわただしく夕ご飯のしたくをしながら、

「ごめんね、正志、淋しかった？」

と、心配そうな顔で聞いてくる。

「ううん、ちっとも」

と、正志は明るく答えた。

だって、いっぱい友だちがいるんだもの。

二人だけで

窓際の席で外の風景を眺めていた妹の久子が、モゾモゾと躰を動かしはじめた。

東北新幹線は、そろそろ福島に差しかかるところである。一時間たらずのあいだに、久子は三度もトイレに立っている。

「なんだ、またかよ？」

小学四年生の恭一が漫画雑誌から目を上げて、さも面倒臭そうに言うと、

「うん。……ジュース飲んだから」

久子は小さな声で、そんな言い訳をした。しかし、今日にかぎってトイレが近いのは緊張のせいだと、恭一には分かっていた。

両親から離れて旅行するのは、小学二年生の久子にとって初めての経験である。

二人は春休みを、東京の伯母さんの家ですごすことになっている。滞在中に、従兄姉たちと一緒にディズニーランドへも行く。正月からずっと楽しみにしてきた。

「おい、早くしろよ」

恭一は溜め息をついて座席から立った。

揺れる通路を歩いていくのは厄介である。ふらつきながら進んでいくと、途中の席の乗客たちが、うるさい子供だというように見つめてくる。腰かけている大人の顔がすぐ間近なので、よけい威圧感がある。

それが恭一には嫌でならなかった。

「もうジュースも水も飲むなよな」

トイレのドアを開けてやりながら、恭一は強い口調で言った。妹は恥ずかしそうにうつむいて、そっとうなずいた。

恭一はドアの外にたたずんで、去年、一人で新幹線に乗ったときのことを思い出していた。恭一にとっての初めての経験だったが、じつはそのときも何度かトイレに通った。ジュースのせいでも水のせいでもなかった。

トイレから出てきた久子は、生真面目な表情で肩をすぼめていた。兄に苦情を言われないようにと気づかっているようすだった。

「手を洗えよな」

恭一は妹の細い肩を押すようにして、洗面コーナーへみちびいた。それから、

「おまえ、さっき泣いたろ」

と、いきなり言った。

ホームまで送ってきた母が、窓の外で笑いながら手をふったときのことだ。窓ガラ

スに顔を押しつけるようにして、妹は肩を震わせていた。それを、ふいに思い出したのだ。

「おまえ、手をふりながら泣いたんだろ」

久子は手を洗いながら、かたくなに黙りこくっていた。鏡に映っている顔が、また泣いているように見えた。

しまった、と恭一は思った。なんでこんなに、いじわるしちゃうのかな。

「おい、ハンカチあるのか」

急いでポケットを探った。しかし、すでに久子は自分のハンカチを出していた。

去年、一人で伯母さんの家へ行ったとき、東京に着くまでに、恭一は何度も涙ぐんだ。ホームでの母との別れが悲しかった。このまま一生会えなくなるのではないか。そんなことを思うたびに、下唇がゆがんできたものだ。

きっと久子も、あのときの自分と同じ気持ちになっているのだろう、と恭一は思った。

座席に戻ってからは、優しく話しかけた。

「おい、眠っててもいいぞ。……東京が近くなったら起こしてやるから」

「ううん、眠たくないもん」

久子は車窓の風景へ目を向けていた。こころなしか声がうるんでいる。

「ガムやろうか」

「ううん、いらない」

つむじを曲げたらしく、久子はよそよそしい答え方をした。恭一は雑誌をひらいたが、妹のことが気になって、なかなか漫画のなかに入り込めなかった。

「このまえ、おれ一人で来たときな」

誌面に目を落としたまま話しだした。

「隣に、ふとったおばさんが坐っててさ。すごく大きないびきをかいて眠ってたんだ」

久子は耳を傾けているようすだった。恭一は、いびきの真似をして鼻を鳴らした。

「あんまりうるさいんで、こうやってさ、腕を突っついてやったんだ」

恭一は肘を使って久子の腕を小突いた。

「ツンツンって突くと、いびきがゴンゴンって鳴るんだ。ツンツンツンって突くと、ゴンゴンゴンだろ。面白くなっちゃってさ」

久子が、くすくす笑いだし、腕を小突かれるたびに躰を揺すった。恭一も笑いながら、ますます大げさに作り話をつづけた。

「おい、ジュース残ってんだろ」

さんざん笑ってから、恭一は言った。

「ぜんぶ飲んでいいんだぜ」

「……だって」

とまどうように久子がつぶやいた。

「いいってば、トイレに行ってもいいから。何度だって、ついてってやるよ」

漫画を読むふりをしながら、恭一は言った。

やがて列車がトンネルに入って、窓ガラスに久子の嬉しそうな横顔が映った。

ビリ

体育の時間がある日は、いつも躰が二倍ぐらい重たくなったような気がする。

栄二は、徒競走も鉄棒もドッジボールも苦手で、いくら練習してもうまくいかない。とりわけ走ることにかけては、自慢ではないが、かならずビリである。幼稚園のころも、小学校に上がってからも、ずっとビリだ。

この春、五年生になったが、もし三年生と競走することになっても負けるだろう。

「おまえ、なんで遅いんだろうなあ」

兄の真一は、つくづく情けないという顔をする。中学二年生の真一は、小学生のころ、運動会のたびに徒競走では一位だったし、クラス対抗のリレーにも出場していた。

新学期がはじまってまもなく、

「後ろからライオンが追っかけてくるっていうイメージを頭にえがいてみろ。追いつかれたら食い殺されるんだ。必死で走らなくちゃ死んじゃうと思え」

と、真一が知恵をさずけてくれた。

しかし、そんな危機を想像することなど、そう簡単にできはしない。

「どうして、ぼくだけ食い殺されるの。見てるやつらのほうが危ないんじゃない？」

栄二は、そんなことを聞いて、ばかやろ、まじめに聞け、と叱られた。

「ライオンで不足だっていうんなら、お隣のラッキーでもいいんだぞ。あいつなら、おまえだけを狙って食いついてくるからな」

兄は、そう言って、おどかした。

ラッキーは大きなドーベルマンで、栄二が三年生のとき、散歩の途中で引綱を振り切って逃げ出したことがある。ラッキーは、道路で遊んでいた栄二にじゃれついた。

しかし栄二には、恐ろしい猛獣が唸り声とともに跳びかかってきて、すごい勢いで道路に押し倒されたという印象しかない。その恐怖が、しばらく毎夜の夢にあらわれた。それいらい隣家の前を通るときは、息をつめて駆け抜けることにしている。

「な、ラッキーに追っかけられてると思えばいいんだ。やってみろよ」

真一は、栄二のおびえた表情を見て、ここぞとばかりに言いたてた。

栄二も、なるほどと思うところがあった。

「よし。……じゃあ、お兄ちゃん、こんどの体育の時間にやってみるよ」

新学期の初めての体育の時間に、クラス全員参加のマラソンが行われる。

グラウンドを一周してから校門を出て、学校の周囲をまわってくるコースなのだが、走る前からビリは決まっているようなものだった。クラス替えしたばかりなのに、栄二の足ののろさは、みんなが知っていた。

「おまえは完走できればいいからな」

先生も、はげますように言った。

「ただし、体育の時間内に帰ってこいよ」

栄二は、見てろ、とひそかに思った。ぼくにはラッキーがついてるんだ。

ホイッスルが鳴ると同時に、全員が先を争うように駆けだした。乱れた列が、ほどなく直線の状態になった。

先頭集団が校門を出ていったあと、グラウンドの中ほどを走っているのは五、六人だけだった。そのなかに栄二はいた。

「……ラッキーが追っかけてくる」

ラッキーの走ってくるイメージを頭にえがきながら、栄二は必死で足を動かして、ようやく校門を出た。

「お兄ちゃん、あんまり変わらないよう」

つぶやきながらも、ラッキーの姿を頭にえがきつづけた。大きな躰を波うたせて、跳躍するように走ってくる凶暴なラッキー。

すると、背後に土を蹴る足音やはげしい息づかいが聞こえてきた。栄二は、はっとしたが、後ろを振り返る気にはなれなかった。

ほんとに追っかけてくるわけがないさ。あいつは隣の庭につながれているんだもの。

グラウンドを一周して校門を出てからも、背後の足音は消えなかった。しかも、前より速度を増しているようだ。

栄二は真剣になって足を動かした。

これが、お兄ちゃんのいうイメージってものなんだな。たしかにラッキーが追っかけてきているような気がするよ。

なんとなく足が軽くなったように思えた。

校舎のまわりを一周して、ふたたび校門にさしかかったときは、前を行く五人を追い抜き、六人めも抜いた。このまま行けば、ビリはまぬがれそうだ。

「ほら、来い、追いついてみろ」

調子にのって叫ぶと、後ろから唸り声が聞こえた。ゴールまで数メートルというところで、ようやく栄二は後ろを振り向いた。

ラッキーはいなかったが、青い顔をした同級生が一人、息もたえだえに走ってきた。

「おまえに負けたらビリになっちまうと思って、必死に追っかけてきたんだ」

同級生はゴールにたどりついたあと、はげしく咳き込みながら言った。

人見知り

チャペルでの挙式が済んだあと、参列した人びとは階段の両側にならんで、新郎新婦にライスシャワーを浴びせた。

五歳の正介はママのそばで、その光景を眺めていた。ウエディングドレスを着たママの友だちが、タキシード姿の新郎の腕につかまって嬉しそうに笑っていた。

ママが新郎新婦のスナップを撮りながら、広い庭のほうへ行ってしまったあと、一人で心細く階段の下に立っていると、

「やあ、坊主、元気か」

いきなり頭の上から太い声が落ちてきた。びっくりして仰ぐと、ごつい髭面(ひげづら)が見下ろしていた。

あっ、タカシおじちゃんだ。ずいぶんあってなかったけど、あいかわらずカッコいい。

正介の頬が思わずゆるんだ。

「そうそう。めでたい日なんだから、泣きべそかかないで、笑ってろよな」

叔父さんは手をのばして、正介の髪の毛を掻きまわすと、ふらりと歩きだした。

ダークスーツを着ているが、両手をだらしなくズボンのポケットに突っ込んでいる。とうてい結婚式の参列者とは思えない態度で、肩を怒らせて歩いていく。まわりの人びとが眉をひそめているのを知ってか知らずか、わざとらしく肩を揺すっている。

「まって、おじちゃん」

正介は、その後を追っていった。

叔父さんは、とまどった顔をして正介を見つめた。正介は、その大きな手を握った。

タカシ叔父さんは、ママのいちばん下の弟である。めったに訪ねてこないが、たまに会うと一緒に遊んでくれる。だから、正介は叔父さんが大好きである。人見知りのはげしい正介が、パパとママのほかになついている、ただ一人の人物といっていい。

「ねえ、おさかな、みにいこうよ」

正介は叔父さんの手を引っ張って、庭の池のほうへ歩いていった。

「おまえ、パパやママはどうした？」

叔父さんが怪訝（けげん）そうな面持ちで聞いた。

「パパは、おしごと。ママは、あそこ」

正介は、あいてるほうの手で、遠くのママを指さした。

パパやママがいなくても、タカシおじちゃんがいれば、へいきさ。

正介は叔父さんと池のそばに行って、鯉を見た。そのあとも大きな手を握ったままで、一緒に披露宴会場へ入った。二人のようすを遠くからママが微笑んで見ていた。披露宴がはじまっても、正介は叔父さんのそばにいた。ママとは離れた席だったが、少しも心細くなかった。

叔父さんは正介を膝の上に載せて、テーブルにならんだご馳走を自由に食べさせてくれた。叔父さん自身は、いつものようにビールをがぶ飲みしていた。

披露宴の途中で、ママが近づいてきて、叔父さんになにごとかささやいた。しかし、叔父さんは酔っぱらったらしく、豪快に高笑いしただけだった。そのとき、正介は厚い胸に頰を寄せて、うとうとしていた。

やがて披露宴がおひらきになって、出席者がつぎつぎと帰り支度をはじめると、叔父さんは正介をママのそばへ抱いていった。

「まあまあ、ほんとにすみませんでした」

ママの大仰な声で、正介は目をさました。

「せっかくの結婚式に、子守なんかしていただいて、ごめんなさいねえ」

ママの口調が他人行儀だったので、おかしいなあと、正介は寝ぼけた頭で思った。

叔父さんのほうも照れたように笑って、しきりに頭を掻いていた。それも妙だった。

「さあ、正介。……ちゃんと、ありがとうしなさい。おじさん、たいへんだったのよ」

ママは正介を床に立たせて、そう言った。

正介は仕方なく、ペコリと頭を下げた。

「じゃあ、坊主、またな」

叔父さんは、また正介の髪の毛を掻きまわした。

だいぶ酔ったようすで、ふらりと背中を向けた。肩を怒らせ、ズボンのポケットに両手を突っ込んで、エレベーターのほうへ歩いていってしまった。

「人見知りのはげしい子が、どうして知らないおじさんに、べったりだったのかしら」

ママが、そばにいた友だちにささやいた。友だちも不審そうな表情をしていた。

そこへ新郎側の席から初老の紳士がやってきて、さも愉快そうに正介に声をかけた。

「ありがとう、坊や。……おかげさまで、結婚式が無事に済んだよ」

声の調子から少し酔っているようだった。

「坊やと一緒だった男は、新郎の従弟なのだが、変わり者でね。それに、とても酒癖がわるいので心配してたんだ。今日にかぎって、あんなに静かだったのは、坊やがついていてくれたおかげだよ」

あれがタカシおじちゃんじゃないなんて。そんなのウソだ。ぜったいウソだい。

大声で泣きだしそうになって、正介はママの腰にしがみついた。

迷子になったら

平日の午後なのに、デパートの催し物会場は大勢の人でごったがえしている。

夏物特別セールの初日だからだ。

四歳の小百合はママに連れられて、お買い物にやってきた。ママのおめあては特売のワンピースと肌着と靴だそうで、さっきから催し物会場を行ったり来たりしている。

お昼には、小百合の希望どおり、レストランでお子様ランチを食べた。おなかいっぱいになって少し眠たいが、とても満足した気分だ。

「もし迷子になったら、分かってるわね？」

催し物会場に入る前に、ママは言った。

いつも言われているから、あらためて教わらなくても、ちゃんと分かっている。

迷子になったら、店員さんに頼んで、店内放送をしてもらう。住所と名前さえ言えば、ちゃんとママを呼んでくれる。

だけど、できることなら迷子になってもらいたくない、とママは言う。住所と名前を放送されたら恥ずかしいからだ。知っている人がデパートに来ていないともかぎらない。

「ママがお買い物に夢中になって、小百合を迷子にしてしまったって思われるでしょ」

迷子になるとしたら、そのほかに原因はないはずだが、ママはそう言う。

「ちゃんと摑まっててちょうだいよ。放したら迷子になっちゃうから」

言われたとおりに、小百合はママのハンドバッグのベルトを、ひしと摑んでいる。ママとしては手をつなぐ余裕はない。品さだめをするために、両手をあけておきたいのだ。

ママは必死でワンピースを選んでいる。いきなり何着か抱えて試着室へ行く。小百合を外に待たせたまま、しばらく出てこない。

こうしてママにくっついて売り場と試着室を往復しているうちに、小百合はいい加減くたびれてしまった。なにしろ、ただ歩きまわっているだけなのだから、退屈きわまりない話だ。

小百合の目の高さからは、台の上にならんでいる品物など、なにも見えやしない。まわりに、おばさんたちの大きなお尻がひしめいているので、ぶつからないように気をつかうばかりだ。

お尻とお尻のあいだに、ときどき隣の催し物会場が見える。家具の特売をやっているらしく、タンスや鏡台がちらちらしている。

あっちのほうがおもしろそうだわ。

そっと、ハンドバッグのベルトから手を放した。ママは気がつかない。

大きなお尻の列を掻き分けていくのは、たいへんなことだ。なんどか押しつぶされそうになりながら、小百合はようやく、めざす家具のそばにたどりついた。

こっちの売場は人が少なくて、通路もがら空きだった。小百合は腰の後ろに両手をまわして、子細ありげに家具を見て歩いた。

近くで見上げると、洋服ダンスがまるで高層ビルみたいだ。鏡台のはしに摑まって背伸びすると、三面鏡に自分の顔が映った。

この売場の店員さんは男性ばかりらしい。若いお兄さんが多くて、ハンサムぞろいだ。

小百合は鏡に可愛い顔をつくってみてから、暇そうな店員さんのところへ行った。にっこり笑って見せると、やあと小声で言って片手をふってくれた。

「おうちの人とはぐれんたんじゃないかい？」

と、親切に聞いたので、小百合はかぶりをふった。ハンサムな店員さんは、そっと手をのばして小百合の髪を撫でた。

「迷子になったら、そう言いなさいよ。すぐに、おうちの人を呼んであげるからね」

小百合は嬉しくなって、売場じゅうの店員さんを訪問して歩いた。スキップをしながら売場をぐるぐるまわっているうちに、たくさんの顔なじみができた。

そっと後ろから近づいて、わっと大声で叫ぶと、ほとんどの店員さんが大げさに驚いてくれる。ママとパパとの三人暮らしの家では、めったに味わえない楽しい遊びだった。

それに飽きると、急に眠気がさしてきた。やはり、お子様ランチを食べたあとで、ママにくっついて歩きまわったせいだろう。

ちょうど目の前に、応接セットがあった。いかにも柔らかそうなソファが、早くおいでと手招きしているようだ。

小百合は、ほとんど半眼になって、ソファへ飛び込んでいった。思ったとおりの柔らかなクッションが、小さな躰を受け止めた。

遠くから小百合を呼ぶ声が聞こえてきた。

だけど、あれはママの声じゃない。きっとべつの小百合って子を呼んでるのよ。

「……まいごになったら」

眠りに入りながら、小百合はつぶやいた。

もしも迷子になったら、店員さんに頼んでママを呼んでもらえばいいんだ、と寝息をたてはじめながら考えていた。

すると、口もとに微笑みが浮かんできた。

さらに深い溜め息を一つつくと、まもなく本格的な眠りが寄せてきた。

血相を変えたママが、催し物会場のなかを探しまわっているのも知らないで。

もう止まらない

お祖父ちゃんの十三回忌ということだが、小学一年生の忠彦には、まるでお祭だった。

なにしろ親戚や知人たちが、五十人以上も集まっている。こんなに大勢の顔見知りが、一堂に会するところを見たのは、忠彦にとって初めてのことだ。

お寺での法要のあと、近くの中華料理店の宴会場で会食が催された。

故人をしのぶ挨拶が終わると、なごやかなふんいきになって、どのテーブルでもビールを飲んだり料理を食べたりしはじめた。

顔見知りの人たちは、忠彦と目が合うと親しみをこめて微笑んでくれる。なかには手を上げて、笑いかけてくる人もいる。

「やあ、忠彦くん、大きくなったね」

みんなが、そう言っているようだ。

忠彦は浮きうきした気分になってきた。三つばかり離れた席にいるママのほうを見ると、いつになく優しげに微笑んでいる。

きょうは、とくべつなんだな。

忠彦はテーブルの上にならんでいるジュースの瓶を手にとった。また、ちらりと母親を見たが、べつに異常はない。

どうやら、だいじょうぶらしいぞ。

忠彦は、いきなり瓶に口をつけてラッパ飲みをした。ふだんならママに大きな声で、

「よしなさい、お行儀がわるい」

と、怒鳴られるところである。

飲みながら横目でうかがうと、ママはあきれ顔で見ていたが、案の定、ちょっと目を険しくして見せただけだ。

いいぞ、しかられないらしい。

今度は、そっとパパのほうを見てみた。

パパが席にいない。

おそるおそる背後を見たが、迫ってくるけはいはない。背のびして探すと、いたいた。パパは遠くの席へ行って、ラッパ飲みをつづけた。瓶が空になると、今度は隣席の叔父さんの前にあるコーラに目をつけた。

忠彦は安心して、挨拶しながらビールを注いでまわっている。

そっと手をのばしながらうかがうと、叔父さんは微笑んで片目をつぶった。飲んで

もいいよ、という合図らしい。

忠彦は笑みを返して、コーラの瓶をわしづかみにした。これもラッパ飲みすると、ますます気分が高ぶってきた。

つぎは、なんにしようかな。

飲みながら、テーブルの上を見まわすと、美味しそうなシュウマイが目に入った。手をのばして指でつまみながら、またママのほうをうかがった。ママは怖い目つきをして、顔を小さく横にふっていた。

あれなら、まだ、へいきだな。

忠彦はママへ笑って見せてから、シュウマイを口へ持っていった。うっとりするような美味しさだった。

向かいの側の席には、伯母さんが腰かけていた。そばに、エビの唐揚げの大皿があった。それも美味しそうな眺めだったが、こちら側からは手が届かない。

忠彦は、なにげない顔をして席を立った。椅子の背に触れながら、向こう側の席へまわっていき、伯母さんの横から手をのばした。

斜め向こうでママが睨んでいた。

なあに、へいきさ。

ママを無視して、忠彦は素早くエビの唐揚げを手づかみにした。ママは悔しそうに頬をふくらませた。

「子供は美味しいものを知ってるんだねえ」

楽しげな声で、伯母さんが言った。

「いいんだよ。食べたいだけ、おあがり」

忠彦は得意そうにママを見返した。ママは困ったような、あいまいな笑みを浮かべて、伯母さんへうなずいていた。

口いっぱいにエビの唐揚げをほおばり、忠彦はあちこちのテーブルを訪問しはじめた。どの席でも、ほろ酔いかげんの人びとが愉快そうに声高な話をしている。お祖父ちゃんの思い出にひたっている人もいれば、ゴルフの話に興じている人もいる。

忠彦が椅子と椅子のあいだから手をのばして、テーブルの上のご馳走を失敬しても、だれも見とがめる人はいない。

ふだんなら絶対にできないことを、心ゆくまで楽しむことができて、忠彦は満ち足りた気持ちだった。

ようし、もっとやってやろう。

浮かれだすと、もう止まらない。

忠彦は、さらに調子に乗って、ご馳走をつまんだり、ジュースをラッパ飲みしながら、宴会場じゅうを歩きまわった。

家へ帰れば、ママにこっぴどく叱られるにきまっている。どうせのことだから、いまのうち楽しむほうがいい。

テーブルを一通りまわったところで、忠彦は背後から迫ってくるけはいを感じた。いきなり強い力で襟首をつかまれた。

「こっちへ来い、忠彦」

頭上からパパの怒った声が落ちてきた。

家出

背中に小さなリュックサックを背負って、七歳の美香は一人で跨線橋を渡っていく。橋の下を電車が通りすぎると、強い風が巻き上がって、ショートカットの髪をかき乱した。美香は唇を結んで歩きつづけた。

ママへあてた手紙を、ダイニングキッチンのテーブルの上において出てきた。

「ママへ。ママは美香がいないほうが、がみがみいわなくてもすむから、せいせいするでしょうね。いつか、かえりたいときがきたら、かえってきます。さようなら。美香より」

歩きながら美香は、ふんと鼻を鳴らした。

いまごろ、きっとママは大あわてで探してるわ。あたしだって決心するときがあるということを、これで思い知ったでしょうよ。

朝から晩まで、がみがみ叱ってばかりいるママが、しゅんとしている。そんなようすを想像するだけでも気持ちがいい。

今朝もまた、うるさく叱られた。

パジャマを脱いだあと、ベッドの上に放り出していたからだ。そんなささいなことで、朝食のあいだじゅう、ママは文句の言いつづけだった。おかげでトーストもミルクも、ぜんぜん美味しくなかった。

美香が頬をふくらませていると、

「なあに、その顔は。あんたがだらしなくて叱られてるんでしょ」

ママは怖い目をして怒鳴った。

この人ってヨッキュウフマンなんじゃないかしら、と美香はひそかに思った。しかし、そんなふうに思っていることを察知したら、ますますママはいきり立つだろう。だから、そっと目を伏せてトーストを食べつづけた。

弟か妹がいればいいのに、と美香はいつも思う。そうならきっとママの小言が、いまの半分になるのに。なにしろ一人っ子だから、ぜんぶあたしに降りかかってくる。

美香は跨線橋の真ん中で立ち止まった。

鉄の柵が、まるで檻のように橋の両側にならんでいる。そのあいだから、はるか下に線路が見える。上りと下りの線路が二本ずつ、昼の太陽を浴びて銀色に光っている。

一人で跨線橋を渡るのは初めてなので、美香の両膝はかすかに震えていた。

線路をはさんで、美香の家のあるほうは住宅地、向こう側は商店の多い街である。ママに連れられて買い物へ行くとき以外は、めったに跨線橋を渡ることはない。

この橋さえ渡れば、どこか遠くへ行くことができるんだわ。うるさいママなんかと二度と会わなくてすむんだ、と美香は思った。

「でも、……あたしがいなくなったら、パパはどう思うかしら」

ふと美香は、つぶやいた。

パパは毎晩のように遅く帰ってくるし、休日にはいつもゴルフへ行ってしまって、ゆっくり顔を合わせることはあまりない。

しかし夜遅く、酔ったパパは美香を揺り起こして、ふくれ顔のママを尻目に、

「おい、美香、おみやげだぞ」

と、お鮨の折をひろげて見せる。

寝ぼけまなこの美香を膝に抱き、ママが苦情を言っても平ちゃらで、卵焼きやウニやイクラのお鮨を食べさせてくれる。

あたしがいなくなったら、きっとパパはさびしがるわね。かわいそうなパパ。

線路を見下ろして、美香は溜め息をついた。

美香は揺るぎがちな気持ちをひきしめて、また歩きはじめた。背中のリュックサックから、かすかな音が洩れてきた。

リュックサックに入っているのは、下着、お人形、鉛筆、ノート。それに冷蔵庫から失敬してきたチーズとオレンジ。

美香は立ちどまって、くびを傾げた。音のするようなものを入れたおぼえはない。リュックサックを下ろして、その場にしゃがみ込んだ。なかを探ると、底のほうから小さなキャンデーの缶が出てきた。

耳のそばで振ってみた。ころころと可愛い音がした。ふたを開けてみると、入っていたのはキャンデーではなくて、紫色と青色の混じった親指大の石ころだった。

「あら、……これは」

ようやく思いだした。この春、ママとお花見に行ったとき、川原でひろった石だ。空になったキャンデーの缶に入れて、リュックサックにしまったまま忘れていた。

あのときもパパはゴルフへ行ってしまって、ママと二人だけのお花見だった。

「いいわよね。ママと美香でお弁当持って、きれいな桜を見に行きましょうね」

「うん、二人でお花見してこようね」

ママと美香は、そう言い合って、なかよく手をつないで出かけたのだった。

ふいに胸の奥が熱くなった。美香はリュックサックを抱いて立ち上がった。

あたしがいなくなると、ママは一人ぼっちになっちゃうのね。かわいそうなママ。

美香は大きな溜め息をついて、ゆっくり跨線橋の上を戻りはじめた。

ママの出番

このごろのママは、ちょっとおかしいぞ、と四歳の光夫は思っていた。

毎日夕方になると、ママは大急ぎで食事の準備をする。明るいうちに晩ご飯をすまして、お隣のお姉さんを呼んで光夫を預けると、いそいそとどこかへ出かけていく。お隣のお姉さんは中学二年生だが、光夫を赤ん坊のころから可愛がってくれている。それをいいことに、ママはベビーシッター役を押しつけているらしい。

光夫にとっては淋しいことだが、お姉さんがゲームの相手をしたり、絵本を読んでくれたりするので、まあいいかと思っていた。

でも、パパが会社から帰ってくると、お姉さんは、じゃあねと言って帰ってしまう。パパはダイニングキッチンのテーブルの上にならんでいる冷えた夕食を眺めて、

「なんだい。……またかよ」

と溜め息をつき、一人でテレビを観ながらビールを飲みはじめる。光夫が膝に寄りかかると、ビールの泡をなめさせる。

しばらくして帰宅したママは、不機嫌なパパをよそに、しきりに歌を口ずさんでい

る。このごろ、よくうたっている歌なのだ。

「おい、家に帰ってきてまで、うたうなよ」

パパが眉根を寄せて苦情を言うと、ママは貴婦人のような気どった身ぶりで、お辞儀をする。パパは、ますます不機嫌になった。

ほんとにおかしいぞ、と光夫は思った。心配になって、そばへ行くと、ママは急に現実に引き戻されたという顔になる。それが光夫には、とても冷たく感じられた。

ぐずりだした光夫を、ママは仕方なさそうに抱き上げて、急いで優しくしようとする。しかし、その不自然さに不安をおぼえた光夫は、もう涙をあふれさせていた。

ママに連れられて市民センターへ行ったのは、それからまもない日曜日である。

パパは、いくらママが誘っても、

「おれは留守番するよ」

と言ってきかなかった。

そこで、ママはお隣のお姉さんを誘った。

光夫は、はしゃいでいた。なんのために市民センターへ行くのか知らないが、ママとお姉さんにはさまれてのお出かけだ。

市民センターには、たくさんの人びとが集まっていた。入口に看板が出ていて、

「これ、市民音楽祭って書いてあるのよ」

と、お姉さんが教えてくれた。

ホールに入ってしばらくすると、ピアノやマリンバの独奏がはじまった。

光夫は、おとなしく聴いていたが、それも初めのうちだけだった。だんだん退屈になって、しきりにアクビが出た。これなら、うちでパパとテレビをみてたほうがよかったなあ。

そう言おうとして、隣席を見ると、ママはいつのまにか姿を消していた。

「ねえ、ママがいないよう」

光夫が泣き声を出すと、反対側の席にいたお姉さんがなだめるように、

「ママは、お歌をうたう準備をしてるよ。もうすぐ、あそこに出てくるからね」

と言って、舞台のほうを指さした。

光夫は、びっくりしてしまった。舞台には明るい光がみちて、色とりどりの花籠が飾ってある。いま、はなやかな衣裳をまとった女の子たちが合唱している。

うちのママが、あんなところにでてくるなんて、そんなことあるもんか。

光夫は立ちあがって、薄暗い通路を駆けだした。後ろから、お姉さんが追ってきて、

「こっちよ、ママがいるのは」

と、優しく手をつないでくれた。

二人は舞台の裏手にある控室へ行った。そこには着飾った出演者たちが、緊張した

面持ちで自分の出番を待っていた。

のど慣らしに小声でうたう人、じっと目を閉じている人、おしゃべりをしている人。

そのなかに、光夫はママの姿を見つけた。ママは裾の長い白いドレスを着て、胸の前で両手を握り合わせ、なにか考えるような顔をして立っていた。

「ママ、……ママ」

そばに行って見上げても、ママは光夫に気づかないようすだった。顔が青ざめて、握った手はかすかにふるえていた。

「ねえ、ママ、どうしたの？」

ドレスを引っ張ると、ようやくママは光夫をみとめた。しかし、目がうつろだった。

これは、いつものママじゃないぞ、と光夫は思った。とたんに涙があふれてきた。

そのとき、ママの名前が呼ばれた。

「出番ですから、お願いします」

ママは顔をこわばらせてうなずくと、ドレスにすがりついている光夫を払いのけて、ぎごちなく舞台のほうへ歩きだした。

光夫は泣きじゃくりながら見送った。

しばらくすると舞台のほうから、いつもより上ずったママの歌声が聞こえてきた。

こわい夢

「あっちに行ってよ、うるさいなあ」

小学三年生の利恵はランドセルに教科書をつめ込みながら、弟をにらみつける。

芳男は四歳になったばかりの甘ったれで、利恵が家にいると、あとを追っかけてばかりいる。ちょっとでも優しい顔をしようものなら、すぐベタベタとすり寄ってくる。それが利恵には、うるさくて仕方がない。登校前の忙しいときなどは、ついつい邪険になってしまう。芳男は唇をゆがめ、情けない顔をして後ずさりする。どうして邪魔っけにされるのか分からないという目をしている。

「あんたなんか、相手にしてらんないの」

利恵は、つんけんして言い放つ。

こわい夢にうなされ、夜中に何度も目を覚ました朝は、ことに機嫌がわるい。利恵自身にとっても困ったことだが、このごろ毎晩のように、こわい夢を見つづけている。

真夜中に変な音が近づいてくる。クルマのきしみのような、鳥の鳴き声のような、なんとも不愉快な音が、ベッドに寝ている利恵を包みはじめる。耳をふさごうにも、躰は固くこわばっていて動けない。

うめき声を上げていると、いきなり天井から毛むくじゃの大きな手が下りてくる。たすけて、と叫ぶのだが、声にならない。さんざんもがいているうちに、ふっと躰が軽くなって、ようやく、目が覚める。躰じゅうが汗びっしょりになっている。

いつも同じような夢なのだ。

いろいろ考えてみると、こわい夢を見るようになったのは、どうやら学校の同級生から金縛りのことを聞いた直後からのようだ。

「あたしねえ、ゆうべも金縛りになったの」

「あたしなんか、ゆうべは二回もよ」

みんなが得意そうに話し合っていた。

初めのうち、それがどんなものか分からなかった。利恵は金縛りにならないと仲間外れにされてしまうような気がした。

最初に経験したときは、とてもこわかったが、なんとなく安心もした。ははあ、これがそうなのかと思った。これで同級生たちに自慢することができる。

しかし、いまでは後悔している。いつのまにか、こわい夢を見るのがクセになってしまったらしい。近ごろは、ベッドで横になるのも、こわくて仕方がない。

朝になっても夢の余韻が残っていて、朝食のとき、ぼんやりしてしまうこともある。

「なあに、利恵、寝不足のような顔をして」

ママが心配そうに言うが、こわい夢のことは黙っている。ママは、この世の中に金縛りなんてあるはずがないと思っているようだ。

だから前に話したときも、

「寝る前に、お菓子なんか食べるからよ」

と、あっさり言われてしまった。

学校から帰って、しばらくは夢のことを忘れている。宿題をしたり、漫画やテレビを観たりで、忙しくすごしてしまうからだ。しかし、晩ご飯が終わるころには、うんざりしてしまう。おたすけください、と神さまにお願いしたいぐらいだ。

案の定、真夜中になると、また嫌な音が聞こえはじめ、金縛りになった。

やがて気味のわるい大きな黒猫が近づいてきて、利恵の胸の上に乗っかった。おどかすように逆毛を立てて、しきりに鋭いツメをとぎはじめるではないか。

「たすけて。だれか起こしてちょうだい」

必死に叫ぶのだが、声も出ない。とうとう利恵は泣きだした。

だれかがベッドに近づいてきたのは、そのときだ。黒猫は、あわてて胸の上から飛び下りた。急に躰が軽くなった。入れ替わりにあらわれたのは、パジャマ姿の弟だった。

「ねえ、……おしっこ」

目をこすりながら、そう言った。

ああ、たすかった。利恵は金縛りから解放されて、大きな溜め息をついた。

芳男が夜中にトイレへ行くことなど、ふだんはめったにないが、きっと寝る前にジュースでも飲んだのだろう。

「いいわよ、連れてってあげる」

利恵はベッドから出て、弟の手をとった。

つぎの朝、利恵が学校へ行く準備をしていると、いつものように芳男がやって来た。

「あっちへ行ってよ、忙しいんだから」

そう言ってから、急いで声をやわらげた。

「学校から帰ってきたら、いっぱい遊んであげるから、待っててね」

いつもと勝手がちがって、びっくりしたようだったが、芳男は嬉しそうにうなずいた。

「ねえ、芳男、今夜もジュースをたくさん飲んで寝ようね。たよりにしてるわよ」

そっとささやくと、芳男は意味が分からないまま、また嬉しそうにうなずく。

この子を毎晩おしっこに連れていくうちには、こわい夢と縁が切れるかもしれない。

利恵は、ひそかにそう願っている。

歯が痛い

食事中に思わず顔をしかめて、文男はあわてて下を向いた。見とがめられたのではないかと、そっとママのほうを見た。ママは気づかないで、たくあんをバリバリ音させて食べている。子供のときから歯の丈夫なのが自慢なのだ。

「どうしたの。もう、ごちそうさま？」

ママは、もう一枚たくあんを口に放り込んで、怪訝そうに文男を眺めた。

「うん、……ごちそうさま」

文男は残ったご飯を口に詰め込んで、大急ぎで立ち上がった。

「いけませんよ、お口に入ったまま」

ママの声を背中に受けながら、そそくさと茶碗や箸を流しに運んでいった。ご飯は、ほとんど嚙まずに飲み込んでしまった。

じつは歯が痛いのだ。右の奥歯が、なにかの拍子にジンジンひびく。このごろは食事の最中に、はげしい痛みが走るようになった。

小学校に入学して、ようやく学校にも慣れてきたというのに、給食のたびに痛いめにあわなければならない。

「どこか具合がわるいんじゃないの？」

ママが心配そうに顔をのぞいてきた。

文男は、うるさそうに答えた。

「どっこもわるくないよう」

「そんならいいけど。……なにかあったら、ちゃんとママに教えるのよ」

「わかってるよ」

「学校で、だれかにイジメられたりしたら、すぐに言ってよ」

「わかってるったら、うるせえなあ」

文男は声を上げて子供部屋へ逃げ込んだ。

歯が痛いことを、ママに知らせるわけにはいかない。だから必死に、がまんしている。もしも虫歯になったことが、ママに知れたら一大事である。文男が叱られるばかりではない。叔母さんも叔父さんも同罪になる。

「甘いものは、けっして食べさせないでね。小さいときからの習慣が大事なんだから」

つねづねママは、しつこいほど叔母さんや叔父さんに言っている。

「わたしは、あなたたちとちがって甘いものを食べないで育ったから、虫歯が一つもないのよ。文男にも、そうしてやりたいの」

お祖父ちゃんとお祖母ちゃんは、長女のママだけ厳しく育てて、叔母さんや叔父さんは甘やかし放題だったのだそうだ。甘いものをたくさん食べたせいで、二人とも虫歯だらけになって、いまだに歯医者通いをしなくてはならないのだ、とママは言う。

「なによ、お姉さんは子供のときに甘いお菓子を楽しまなかったせいで、そんなギスギスした大人になってしまったんでしょ」

まだ独身の叔母さんは負けずに言い返す。しかし、甘いものを食べすぎたせいか、少し肥りぎみなのが悩みのタネらしい。

同じく独身の叔父さんは、いまでは甘いものよりビールのほうが好物のようだ。

文男が小学生になると、叔母さんはママには内緒でチョコレートやキャンデーを買ってきてくれるようになった。

「ねえ、文男くん、おいしいでしょ？」

叔父さんも野球場に連れていって、こっそりソフトクリームを食べさせてくれた。

「こんなにうまいもの知らなかったろう？」

二人とも、甘いものを食べさせてもらえない可哀そうな甥に同情しているらしい。

そのときは嬉しかったが、とうとうツケがまわってきた。虫歯の穴は、日に日に大きくなっているようだ。

食事のあと一時間もすると、ますます痛みがはげしく耐えきれないほどになった。

「どうしたの、文男？」

子供部屋のドアを開けて、ママが顔を覗かせた。その声が真剣だった。

「なんでもないよ、ほんとだよ」

文男は勉強机に向かったまま答えた。

「なんでもないことないでしょ。廊下にまでうめき声が聞こえたわよ」

ママはさっさと入ってくるなり、

「あら。……その頰っぺた」

いきなり叫んだ。文男は、とっさに右手で頰を隠した。触っただけで痛みが走った。

「あんた、歯が痛いのね？」

「ちがうよ。痛くなんかないよ」

「ばかね、こんなに腫れてるじゃないの」

ママは文男のくび根っこを摑まえて、洗面所に引っ張っていった。鏡に映った文男の右頰は痛々しくふくらんでいた。

「虫歯なら、すぐ歯医者さんに行かなきゃ、そこから歯ぐきが腐ってしまうのよ」

ママの恐ろしい言葉に、文男はすっかり震え上がってしまった。

叔母さんも叔父さんも、ずるいよう。こんなに痛い思いをするなんて、ちっとも教えてくれなかったじゃないかあ。

そう叫びたかったが、かろうじて口をつぐんだ。痛くて、それどころではなかった。

うちべんけい

家のなかで克也がわめきたてると、ママは幼い弟の手をひいて別の部屋へ逃げだすし、猫のシロまでソファの後ろへ隠れてしまう。

「うるさいわね。なによ、わめきさえすれば、人がいうことを聞くと思って」

姉の光子だけが平気な顔で批判する。

光子は小学六年生で、三年生の克也よりひとまわり躰も大きいが、もともと気が優しいほうだから、いざ喧嘩となると弟のほうに分がある。それをいいことに、克也はなにかというと威張りちらしている。

休日でパパがいれば、だいぶおとなしくしている。しかし、ふだんはママが叱っても平っちゃらで姉の髪の毛をひっぱったり、弟のおやつを取りあげたり、したい放題のわがままぶりを発揮するのだ。

なにか気にそまないことがあったり、わがままが通らないときには、大声でわけの分からないことをわめきはじめる。まるで雷が鳴り響いているような状態になる。

「またはじまったわ。……このあとは、いつも物を投げるんだから」

ママは急いで克也の前から姿を消してしまう。そのほうが叱りつけるより無難なのだ。へたに相手になると、部屋のなかのものを手あたりしだい投げだして壊されるだけだ。

あとはパパが帰宅するのを待って、こっぴどく叱ってもらうほかはない。

「ママがそんなふうだから、わがままになるのよ。これじゃ家庭内暴力じゃないの」

光子はママにも批判的である。

「克也なんか、うちべんけいのくせに」

うちべんけいと言われると、ますます克也は手がつけられなくなる。小鼻をふくらませ、目をつりあげて光子を追いまわす。

「そんなに元気があるんなら、学校でもメソメソしてばかりいないで喧嘩したら？」

光子は逃げまわりながら言いたてる。

実際に学校内で、克也のしょぼくれた姿を、たびたび光子は目撃している。躰の大きな同級生にからまれたらしく、ほかの生徒たちの前で肩をすぼめて泣きべそをかいていた。

くやしかったが、あえて光子は口出しをしなかった。そんなことをすると、かえって弟は、いじめられっ子になってしまう。

克也が家のなかで威張りちらすのは、きっと学校でみじめな思いをしているからだわ。なんとかしなくちゃ、と光子は思っている。

うちべんけいのくせに、ときめつけてから二週間ほどたったある日、また克也が例の同級生にからまれているところにでくわした。廊下の隅に連れていかれて、ほかの生徒の見ている前で、しきりに小突かれていた。

光子は、そっと近づいていって、声をかぎりに叫んだ。

「やあい、やあい、うちべんけい」

うなだれていた克也が、びっくりしたように顔をあげた。光子をみとめると、顔を赤らめた。光子は、また叫んでやった。

「うちべんけい、やあい、うちべんけい」

姉までが弱虫ぶりをからかっていると思ったらしく、いじめっ子は嘲笑しながら、さらに調子にのって小突きまわした。

そのときだった。いきなり克也が目をつりあげ、大声でわめきながら、やみくもに相手の胸にぶつかっていった。はずみで克也の頭が相手の顔面を直撃した。思いがけない頭突きだった。躰の大きな同級生は避けるひまもなく、まともに強打をくらって、もろくも転倒してしまった。

意外な展開に、ほかの生徒たちは唖然として眺めていた。なかには逃げ腰になって、後ずさりする子もいた。

いちばんびっくりしたのは克也自身だったようだ。鼻血まみれになって倒れている同級生を見下ろして、夢でも見ているような面持ちで立ちつくしていた。

光子は、あやうく歓声をあげるところだった。かろうじて気持ちを抑え、弟に背を向けて廊下を走っていった。

もう二度と同級生にからまれることもないわ。これで、うちべんけいは直ったわね。

光子は、そう思っていた。

その日の夕方、家へ帰ってみると、玄関の外まで大きなわめき声が聞こえてきた。

「どうしたのよ、いったい？」

逃げかけているママに聞くと、

「なんだか知らないけど、すごく威張ってるの。いつもより手がつけられないわ」

あきれたように、肩をすくめた。

光子は溜め息をつきながら部屋を覗いた。

克也は偉そうにふんぞり返って、幼い弟から取りあげたおやつを食べていたが、光子をみとめると、照れたように笑った。

「お姉ちゃん、……ぼくさあ」

と、恥ずかしそうに言った。

「うちべんけいは、これで終わりにするよ。だから、もう学校で今日みたいに叫ばないでね」

光子は、もう一度、溜め息をついた。

お手本

「ニンジンも食べなきゃダメよ、秀子」

ママが妹に言うのを聞くと、達夫は大急ぎでニンジンの煮物を口にほおばった。

「ほら、お兄ちゃんを見てごらんなさい」

思ったとおりママは言い足した。食事のときは、きまってそうなのだ。

小学一年生の達夫は、死ぬ思いで口のなかの嫌な味を飲み込んだ。お皿には、まだ二つ残っている。ついでに、つぎつぎとほおばって、必死で喉へ押し込む。すぐに水を飲めば、なんとか我慢できる。

「ほらほら、お兄ちゃんなんか、みんな食べちゃったわよ。さあ、秀子も食べなさい」

四歳の妹は、ニンジンの半欠けを口にねじ入れられて、泣きべそをかきながら食べはじめた。

「秀子、……えらいなあ」

達夫が大人っぽく励ますと、妹は涙をあふれさせながらも、微笑んでみせた。

いつでも、こうである。

たとえば、ママと三人でお買い物に行ったとき、秀子がダダをこねはじめる。

「ねえ、ママ、ジュース」

秀子でなくても冷たいジュースかコーラを飲みたいと思うような暑い日でも、

「おうちに帰ってからにしましょうね」

と、ママが言おうものなら、なぜか達夫はじっと我慢してしまう。

「秀子。……水、飲もうな」

妹の手を引いて、水飲み場へ連れていく。そんなようすを、ママは横目で見て、感心感心とばかりに微笑んでいる。

達夫が我慢づよくなったのは、秀子が幼稚園に入ったあたりからだ。

そのころ達夫は同じ幼稚園の年長組だったから、毎日、通園バスで出かけて帰宅するまで、妹の世話をすることになった。秀子のほうも兄にべったりへばりついて、頼りにしていたのは言うまでもない。

「お兄ちゃん、たのむわね。……秀子のお手本になってちょうだいよ」

ママが口ぐせのように言った。

初めは、お手本という言葉の意味など分からなかった。しかし、なんとなく妹の面倒を見ているうちに理解するようになった。

いつも秀子が見ていて真似するから、ぼくは立派にしなくちゃいけないんだな。

するとと、急に自分が大人になったような気がした。とてもいい気持ちだった。それからというもの妹の前では、つねにお手本となるように努めてきた。

だけど、お手本って、とってもたいへんなことだな。なんでもかんでも我慢しなくちゃなんないんだから。このごろ達夫は、そう思っている。

六月の末になって、ぐずついた天気がつづいたためか、達夫と秀子は風邪をひいた。

「二人とも寝冷えしたのかしら?」

ママが薬を買ってきて飲ませたが、なかなか治らないばかりか、高い熱が出はじめた。食欲もなく、お腹も下している。

「たいへんだわ、お医者さんに行かなきゃ」

あわてて二人を病院へ連れていくと、

「ダメですねえ、こんなになるまで放っておいては。……脱水症状を起こしてますよ」

お医者さんが言った。

「すぐに点滴をしましょう」

看護婦さんが二人を処置室へ連れていき、別々のベッドに寝かせた。すでに秀子は、べそをかきはじめていた。

消毒薬の匂い、注射器の列、真っ白いベッドとカーテン、看護婦さんの真剣な表情。そのうえ、おろおろしているママの姿。

べそをかくのは当然だ。達夫だって膝がふるえ、胸も波うって、危うく泣きだすところを、じっと我慢しているのだ。

やがて点滴のビニール管が、ベッドのそばに吊り下げられた。看護婦さんが近づいてきて、まず達夫の左腕をとった。ゆっくりと、するどい針を刺した。

「……ママ」

達夫は思わず泣き声を上げかけたが、

「痛くないよう。ちっとも痛くないよう」

すんでのところで、そう言った。

ママは達夫に顔を寄せて、ささやいた。

「えらいわね。……でも、お病気のときは我慢しないで、泣いてもいいのよ」

しかし、達夫は隣のベッドに目を向けて、怖そうに見つめている妹へ笑ってみせた。

「ちっとも痛くないよ、秀子。……ちょっとチクッとするだけさ」

秀子は目に涙をためて、しゃくり上げながらも、素直にうなずいた。

看護婦さんが点滴の注射針を持って、隣のベッドへまわっていった。どうしたわけか、針を刺しても、秀子は泣かなかった。

「なっ、お兄ちゃんの言うとおりだろ？」

達夫が優しく言うと、きつく目を閉じた妹が、またうなずいた。

雨の日

木曜日の朝から、もう三日間も、しとしと雨が降っている。せっかくの土曜日なのに、サッカーができないので、小学四年生の哲郎は家のなかに閉じこもっているほかない。

窓から雨空を眺めていると、パパが後ろから同じように空をあおいで、

「ざんねんだなあ、ゴルフがおじゃんだ」

と、悔しそうに言った。

土曜と日曜は、たいがいゴルフに行っている。今週は会社の取引先を招いてコンペを催すのだと、だいぶ前から言っていた。

「なんだよう。今日はテレビの野球中継も流れちゃったのかよう」

テレビの前で、中学生の兄が言った。

野球が大好きで、自分もプレーをするが、テレビでプロ野球を観戦するのがいちばん好きらしい。西武ライオンズのファンだ。

男たち三人が嘆いているのを、ママと高校生の姉は気の毒そうに見ていた。

「でも、雨の日は、こっちだって憂鬱だわ」

ママが生乾きのポロシャツにアイロンをかけながら、ぼやいた。

「だって、いつもは出払っている男たちが、そろってゴロゴロしてるんですもの」

「そうよね。お昼ご飯のメニューを考えるだけで、うんざりしちゃうわ」

かいがいしくエプロンをつけた姉が、ママに同調するように溜め息をついた。

「雨の日は、お買い物だって楽じゃないし」

姉は、ほんとなら友だちとテニスをしに行くはずだった。それがフイになって、仕方ないからママの手伝いをしている。

「ねえ、哲郎。……あんた、スーパーまでお使いに行ってきてくれない？」

ママが、猫なで声で言った。

とつぜんホコ先を向けてきたので、哲郎は逃げるまもなかった。

「この雨のなかを？」

哲郎が渋い顔をすると、ママは急にこわもてに変わって強い口調となった。

「お昼には焼きソバがいいって言ったのは、あんたでしょ。どうせヒマなんだから、早めに買ってきてちょうだい。……ついでに夜の材料も頼むわ。いまメモを書いてあげる」

パパも兄も知らん顔で、テレビを眺めていた。兄が頼まれたのだったら、きっと、

「なんだよう。なんで、ぼくが行かなくちゃなんないんだよう」

と、ゴネているにちがいない。

しかし、哲郎はいさぎよく出かけるしたくをはじめた。玄関で雨靴を出して、傘を片手に待っていると、

「じゃあ、これ、お願いね」

ママが財布とメモを手渡した。

「帰ってきたら、あんたの好きな美味しい焼きソバ、つくってあげるからね。……クルマに気をつけて行くのよ」

「うん、分かった」

哲郎が素直に言って、ママを見返った。

ママは楽しそうに微笑んでいた。

そこへ硬貨を持って、パパがやってきた。

「おい、ついでにタバコを買ってきてくれ」

つづいて、兄までがやってきた。

「哲郎。……コーラを忘れずに買ってこい。それからポップコーンもだぞ」

キッチンから姉の叫び声が聞こえた。

「バニラのアイスクリームを買ってきてえ」

哲郎はママに追加のお金をもらいながら、それぞれの注文を忘れないようにと、一所懸命に復唱していた。

「じゃあ、行ってきまあす」

家じゅうの期待を背負った思いで、哲郎は玄関を出た。雨は、窓から見たより、ずっとはげしく降っていた。

「やんなっちゃうなあ。なんで、こんな目にあわなくちゃなんないんだろ」

哲郎は傘をひらきながら、つぶやいた。

「ほんとに、まいっちゃう。……サッカーはできないし、パパとお兄ちゃんはテレビの前から動かないし、そのうえママとお姉ちゃんは人使いがあらいし」

しかし、ぶつぶつ言っている割には、明るい笑みをたたえている。さっき玄関で、ママが見せたのと同じ、楽しそうな笑顔だ。

水たまりを避けて歩いていく足取りも、うきうきしている。雨靴でなかったら、スキップでもしそうな感じだ。哲郎は、またつぶやいている。

「お使いから帰ったら、みんなで美味しい焼きソバを食べるんだ。……それから」

そのあとは、家族みんなでポップコーンをつまんだり、コーラを飲んだりして、わいわい言いながらテレビを観る。

だから、哲郎ばかりでなく、家じゅうみんな、雨の休日が大好きなのだ。

「休日が雨なんて、何カ月ぶりかな？」

これほど楽しい一日は、梅雨でもないと、めったにやってくるものではない。

ミドリちゃん

「ねえ、おにんぎょう、かってえ」

もう三日も前から、千絵はせがみつづけている。だが、画家のママはカンバスに向かって絵筆を動かしながら、

「あんた、持ってるじゃない。……カナちゃんとルリちゃんがいるでしょ」

そう言うばかりである。

カナちゃんは四歳のお誕生日に、ルリちゃんは五歳のときに、ママが買ってくれた。両方とも、ビニール製の着せ替え人形だ。

「だってえ、カナちゃんもルリちゃんも、ちっちゃいんだもん。……だっこする、おっきいおにんぎょう、かってよう」

千絵は五歳と六カ月なので、つぎのお誕生日のプレゼントにもらえるとしても、だいぶ先のことになる。

近所の友だちは、みんな自分の背丈の半分ほどもある抱っこ人形を持っている。それがないと、みんなと一緒に遊べない。

「おっきいおにんぎょうがないと、おかあさんになれないんだもん」

いま友だちのあいだに、お母さんごっこが流行っている。大きな人形を抱っこして、

「ああら、おさんぽですか？　おたくのあかちゃん、おおきくなりましたわねえ」

「まあまあ、おたくのあかちゃんこそ、こんなにかわいくなって」

と、ママ同士のような言葉を交わし合う。そのためには抱っこできる人形が、どうしても必要なのだ。

「ねえ、ママ、かってえ」

と、くりかえしているうちに、

「じゃあ、ママがつくってあげる」

ママが、とつぜん言いだした。

千絵は、わるい予感がした。ママが何かつくると、いつも突飛なものになってしまう。

このあいだの千絵の誕生日にはバースデーケーキをつくってくれたが、フムフムと考えていたママは、いきなり生クリームで得体の知れない建物をつくりだした。ママに言わせると、千絵にはよく分からないが、ガウディの模写なのだそうだ。とんがった塔がならんでいて、ロウソクを立てる場所がないので、千絵は泣きだした。

案の定、ママのつくってくれた抱っこ人形は、千絵の欲しいものとは違っていた。

顔と胴体と手足が薄いブルーの布地でできている。髪の毛はグリーンの毛糸をおさげにしていた。目は黒いボタンだが、ほっぺたに丸く赤い布が貼ってある。

「やだあ、こんないろじゃ、やだあ」

あまりのことに、千絵は泣きだしてしまった。すると、ママは悲しい目をして、

「可愛いお人形だと思うけどなあ。この色が素敵なんだけど、分かんないかなあ」

と、大きな溜め息をついた。

千絵はママの目を見ると、すぐに泣くのをやめた。二人っきりで暮らしているなかで、千絵のいちばんつらいのは、ママが悲しい目をすることだ。

「ママ、このこ、ミドリちゃんにしよ」

胸に抱いて、そう言った。

ママは嬉しそうに、大きくうなずいた。

千絵はパパに会ったことがない。写真も手紙もないので、どんな人かも分からない。ママの話では、千絵の生まれる少し前に大切なご用があって遠い外国へ行ってしまったのだそうだ。もしかしたら、ママの胸のなかに、そっと隠れているのかもしれない。

ミドリちゃんを抱いて外に出ると、いつもの友だちが怪訝な顔をして集まった。

「なあに、おたくのあかちゃん、へんないろしてるわねえ」

「あらやだ、こんないろのあかちゃんとは、あそべませんわよねえ」

意地悪な言いかたをして、みんなで背中を向けてしまった。

千絵は、がっかりして家のなかに入り、ミドリちゃんとお話をして遊ぶことにした。

「いいわよねえ。かわいいミドリちゃんのことを、へんなふうにいうひとたちとは、あそばないもんねえ」

ママが悲しい目をして、千絵に言った。

「ごめんね。……あんた、ミドリちゃんのせいで、仲間はずれになっちゃったわね」

四日後、描き上げた絵を届けに出かけたママが、大きな紙包みを抱えて帰ってきた。

「少し早いけど、お誕生日のプレゼントよ」

紙包みを開けてみると、近所の子供たちと同じ抱っこ人形だった。

千絵は憤然として人形を押し返した。

「そんなおにんぎょう、いらないもん」

「あら、どうしてなの？　これを抱いて、みんなと遊んでいらっしゃい」

四日のあいだに、ほんとうの仲よしになったミドリちゃんを、千絵は小さな胸に抱きしめながら、

「ママったら、うちのミドリちゃんは、すてきなこよ。……あたし、だいすきなのに」

怖い顔でママに突っかかっていった。

青虫

サンショの枝に大きな青虫を見つけて、

「きみのわるい虫がいるう」

と、六歳の麻里子は悲鳴を上げた。

自分の親指より太く中指よりも長い、ぶよぶよした虫が、せっせとサンショの葉を食べている。こんなのは初めて見た。

「おや、今年もちゃんと生まれたんだね」

麻里子の後ろで、お祖母ちゃんが言った。

「おまえのために葉っぱを残しておいてやったから、たっぷりお食べ」

まるで知り合いの子供でも相手にしているように、青虫に優しく微笑みかけた。

お祖母ちゃんは、毎年、春にはサンショの若葉をたくさん摘んで、細く切ったコンブと醤油を加えて大きな鍋で煮る。このサンショの佃煮(つくだに)が、お祖父ちゃんの大好物なのだそうだ。佃煮用に充分なだけ摘んでから、あとは青虫の分、と残しておく。

「すると、いつのまにか青虫のママがやってきて、そっと卵を産んでいくんだよ」

お祖母ちゃんは楽しそうに目を細めた。

「ねえ、お祖母ちゃん。……この虫のママって、これよりずっと大きな虫なの？」

目の前の青虫の二倍もあるのが這っているさまを想像して、麻里子はぞっとした。

「まあ、いまに分かるよ」

お祖母ちゃんは優しく孫娘の頭を撫でた。

麻里子はママの実家に来ている。出産をひかえたママと一緒に、しばらく祖父母のもとで暮らすことになったのだ。

ママは大きなお腹を抱えて、一日じゅう居間でテレビを観ている。ときどきパパに電話をして甘えた声で話しているようだが、そんなとき麻里子は外へ追い立てられてしまう。

麻里子は毎日のように外に出て、庭の隅のサンショの木を見に通った。青虫がどのような親虫になるか確かめたかった。

そうしたある日、とつぜん青虫の姿が見えなくなった。枝の先や葉っぱを丹念に探したが、どこにもいない。

「お祖母ちゃん、あの虫いなくなっちゃった」

麻里子は大あわてで、お祖母ちゃんに告げた。せっかくの楽しみがフイになってしまった。

「いなくなったんじゃないよ。きっと、どこかに隠れてるんだよ。……ついておいで、どこにいるか教えて上げるから」

お祖母ちゃんは、にこにこして言った。

サンショの木のそばに行って、お祖母ちゃんは枝のあちこちを探していたが、

「ほら、ここにいるよ」

太い枝の後ろに、あの虫とは似ても似つかない小さく硬い袋のようなものが、反り返った姿勢でくっついていた。木肌とそっくりの色をしていて、じっと動かなかった。

「あの青虫は、サナギになったんだよ」

「ねえ、サナギってなあに？」

「大人になる準備っていうことかねえ」

「……ふうん」

麻里子には、よく分からなかった。しかし、サナギのなかで親虫になる準備をしているのだと聞いて、胸がわくわくした。いったい、どんな虫が出てくるのかしら。

その後も毎日欠かさずに見に通った。しかし、色がだいぶ濃くなってきたようには思えたが、いつも同じ状態だった。

「ねえ、いつになったら出てくるの？」

何度もささやきかけたが、サナギはぴくりともしなかった。

出産予定日が近づいて、お祖母ちゃんはママに付きっきりになった。陣痛がはじまったら、すぐ病院へ行くことになっている。

「麻里子は、もうすぐお姉さんになるんだから、しっかりお留守番しててね」

ママが厳しい顔をして言うので、麻里子はなんとなく哀しくなった。——いままでは一人で甘えていられたけど、もうそういうわけにはいかないのよ。そう告げられたような気がした。

やがてママは陣痛がはじまり、お祖母ちゃんが付き添って、タクシーで産院へ向かった。パパも会社から産院へ駆けつけるという。

麻里子は、お祖父ちゃんと家に残ったが、ママの苦しそうな顔を思いだして、いたたまれなくなった。それで一人で庭へ出た。

いつものようにサンショの木のそばへ行くと、思いがけないものに出会った。サナギの背中が割れて、なかから何かがあらわれている。つややかな黒い色が目を引いた。麻里子は息をこらして見つめた。

長い時間がたって、サナギの殻に一匹のカラスアゲハが大きな黒い羽をひろげた。紅い紋のある後羽がしっかり伸びきると、アゲハはふわりと殻を離れた。そのまま、ゆっくり羽を動かして空へ舞い上がった。

麻里子が大きな溜め息をついたとき、家のなかから、お祖父ちゃんの声がした。

「女の子だよ。……妹が生まれたそうだ」

カラスアゲハを見送りながら、麻里子はその声を聞いていた。

海へ

海水浴に行くことになって、七歳の雄一は朝から大はしゃぎだった。海までクルマで三時間半もかかったが、そのあいだ絶えず笑みを浮かべていた。なにしろ、三年ぶりの海なのである。

前に行ったときのことは、かすかにおぼえている。海の色や波の寄せるさまや、波の音が記憶にある。しかし、もしかするとテレビの画面で観た情景かもしれない。

この二年間、夏がめぐって来るたびに、

「ねえ、パパあ、海へ行こうよう」

と、何度もせがんでいた。

パパは困った顔になって、ママのほうを眺めた。ママは淋しそうに微笑んで言った。

「行ってらっしゃいよ、二人で」

「そうはいかないさ、ママが一緒でなくちゃ楽しくないよ。……なあ、雄一」

パパは雄一の頭を撫でて同意を求めた。

雄一も当然のように、うなずいた。

「うん、ママも行かなくちゃイヤだ」

「そうだろ。……だから、来年にしような」

パパにそう言われると、雄一は頰をふくらませて、うなだれるしかなかった。

ママは一昨年の春から躰の調子がよくなくて、寝たり起きたりをつづけていた。少しでもムリをすると、すぐにめまいがして立っていられなくなる。

そんな状態では長時間の電車はもちろん、太陽の照りつける海岸になど、とても行けはしないということで、パパも雄一もあきらめねばならなかった。おかげで、ふた夏も海へ行けなかったのだ。

ところが今年になると、五月ごろから急にママの躰の具合がよくなった。

少しずつ寝ていることが減ってきて、ときにはキッチンで楽しげにハミングしていることさえある。顔色がとてもよく、表情も明るくなってきた。

そのうえ、パパが初めてのクルマを買った。

ゆったりした後部座席に乗ってなら、ママも海へ行けるだろう。暑い海岸がダメなら、冷房の効いたクルマのなかにいればいい。

「ようし、パパとママと雄一の三人で、ひさしぶりの海水浴に行くぞう」

パパの宣言で、ママは嬉しそうに笑った。雄一は三年ぶりの歓声を上げた。

朝八時に家を出発したのに、休日の道路は渋滞つづきだった。運転席のパパは生あくびを連発し、ママは後部座席でうつらうつらしていた。しかし、雄一だけは浮きうきして、助手席で前方を見つめていた。

やがて、クルマのなかから海が見え隠れしはじめて、ますます雄一の胸はときめいた。パパが海岸近くの松林のなかにクルマをとめた。すぐそばに、波の音が聞こえてきた。

「さあ、着いた。……お待ちかねの海だぞ」

パパの一言を合図に、雄一はクルマの外へ飛びだした。波の音が一段と大きくなった。海の匂いのする潮風が頬や髪をなぶった。

松林を突っ切って駆けていくと、とつぜんまぶしい光がひろがった。思いがけなく明るい海を目の前にして、雄一は立ちつくした。

「うわあ、海だあ」

と、大きな声で叫んだ。

遠くから波が幾重にも寄せてくる。波打ち際には海水浴客がひしめいている。砂浜には色とりどりの水着をつけた人びとが群れをなしていた。

「さすがに、すごい人出だな」

背後で、パパの声がした。

「さあ、雄一、泳ごうか」

「ねえ、ママは？」

と聞くと、パパを後ろを見返ってから、

「ママは眠ってるよ」

「せっかく海へ来たのに？」

「まあ、仕方ないさ」

「つまんないの」

「今日は、いっぱい遊んでいこう。……もしかすると、来年の夏は、また来られなくなるかもしれないからな」

「えっ、どうしてえ？」

雄一は不満げに、パパの顔を見上げた。

パパは海のほうを眺めながら、

「仕方ないだろ、来年の夏じゃ赤ん坊がまだ小さいからな。……雄一、あと少しで、おまえはお兄ちゃんになるんだぞ」

雄一は、びっくりした。そういえば、このところ、なんとなくママのお腹がふくらんでいるように思えていた。

「ママはな、一昨年の春、赤ちゃんを産みそこなったんだよ。……それで躰も心も、すっかり弱ってしまったんだ」

パパは雄一の肩に手をおいて言った。

「分かるかい、パパの言っていることが？」

「ああ、……分かってるさ」

大人びた口調で答えると、とたんに海のきらめきが一段と増したような気がした。

雄一はパパのお尻を力いっぱい叩いた。

「じゃあ、ママの分も泳ごうよ、パパ」

二人は大急ぎでシャツを脱ぎはじめた。

ビールの泡

会社から帰ってきたパパが大急ぎで着ているものを脱ぎすてて、浴室へシャワーを浴びにいく。やがてタオルを腰に巻きつけた姿でダイニングキッチンに入ってくると、

「おい、グラス」

言いながら、自分で冷蔵庫の扉をあける。ママが心得顔で長細いグラスをテーブルにおくのと、パパが缶ビールを取りだすのと、ほとんど同時である。

プシュッと音をたてて缶のふたをあけ、静かにグラスに注ぐ。細かな泡がグラスの底から盛り上がってくる。みるみるうちにグラスの表面に霧がかかる。待ちかねたようにパパはグラスを口へ持っていく。

「ああっ、うまい」

パパの一声が溜め息とともに湧き出る。まもなく、いつもの小さなゲップがつづく。

ママと秀樹は、毎日、このようすを見守っている。パパの一声が発せられると、二人とも思わず顔を見合わせて微笑む。まるで夏の夜の儀式のようだ。

「ほんとに美味しそうだわね」

と、ママが感心したように言う。

「そりゃあ最高さあ」

上唇に泡をのせたパパが応える。

小学四年生の秀樹はテーブルを前にして、グラスに残った泡を眺めている。そこにビールが注ぎたされ、こんどは真っ白い泡が少しだけテーブルにこぼれ落ちる。

「ねえ、パパ、ねえ」

と低い声で、秀樹がせがむ。

するとパパは、ママが流しのほうを向いたすきに、こっそりグラスを差しだしてくれる。その盛り上がった泡を、秀樹はほんの少しだけすすり込む。冷たい泡の感触と、淡い苦みが口のなかにひろがる。

「最高だね、パパ」

秀樹は得意そうに、そう言う。

残念ながらパパのようなゲップは出てこないが、それでも満足だ。もう少し大きくなったら乾杯しよう、と二人は約束している。

泡でさえ素晴らしいのだから、液体のほうもどんなにか美味しいにちがいない。パパのビールの飲みっぷりを見ていると、うらやましくて仕方がない。早く大きくなりたい、と秀樹は思っている。

ある日の午後、たまたま酒屋さんが缶ビールを配達しにきた直後のことだった。

秀樹が学校から帰るのを待っていたらしく、

「ちょっと、お買い物に行ってくるから、お留守番してて。……そこのビールを冷蔵庫に入れておいてちょうだいな」

と、ママが忙しそうに言いつけた。

秀樹はクッキーを食べながら、気のない返事をした。うだるような暑さのなかを帰ってきたので、ぐったりしていた。冷たいオレンジジュースを飲んだが、少しもホッとする気持ちにはなれなかった。

ママに言いつかったとおり、缶ビールを冷蔵庫に入れていて、ふとパパの毎夜の儀式を思いだした。あの溜め息とゲップが、これまで以上にうらやましく思えた。

秀樹は冷蔵庫の奥のほうから、缶を一個、そっと取りだした。ひんやりしたアルミの感触がたまらなかった。戸棚からパパのグラスを持ってきて、缶のふたに指をかけた。思いきって引っ張ると、かすかに聞き慣れた音がした。

秀樹は息をつめて、グラスへ注ぎ入れた。思いがけない量の泡が、もくもくとグラスの底から盛り上がってきた。急いで缶を立てると、注ぎ口からも泡があふれた。

泡はテーブルの上や床にしたたっても、まだあふれつづけた。秀樹は大あわてでグラスと缶の泡をかわるがわるすすった。

テーブルの上を布巾でぬぐうと、つぎに浴室へとんで行って雑巾を持ってきた。床の泡を拭きはじめたときは、息がはずんでいた。後始末を終えて、テーブルを見ると、グラスは空っぽだった。缶のなかにも、ビールはわずかしか残っていなかった。缶に残ったビールをすすり飲んだ。とてもきつい苦みが口にひろがって、思わず流しのなかへ吐きだした。

「ああっ、なんだよう、これ」

つぶやいたとたん、大きなゲップが出た。苦く耐えがたいゲップだった。目の前のすべてが揺れていた。テーブルや戸棚や冷蔵庫の輪郭が、ゆったりと波うって、スローモーな地震のようだ。

秀樹は胸苦しくなって、よろめきながら子供部屋へ向かった。どうしたんだろう。いったいどうなっちまったんだ。

ベッドに横たわると、こんどは天井が波うちはじめた。目を閉じると、深い眠りに引きずり込まれていった。

ダイニングキッチンのテーブルに、空き缶とグラスをそのままにしてきた。眠りに入りながら、そのことを思いだしたが、もうどうにもならなかった。

通知表

小雨のなかで、洋介は途方にくれている。

右手にさげた大きな紙袋が、雨にぬれて破けてしまった。左手には傘を持っているから、破れめはどんどん広がっていくのに、支えることができない。

洋介は通学路沿いにあるマンションのそばで、ますます破れていく袋を眺めている。今日で一学期が終わって、明日からは夏休みである。教室掃除と終業式がすんだあと、先生から通知表を渡された。

小学一年生の洋介にとって、初めての通知表だ。渡されてすぐ、そっと覗いてみたが、何が記してあるのか分からなかった。同級生たちは、おたがいに見せ合ったり、他人のを覗き込んだりして、大騒ぎしていた。

「おまえ、どうだった？」

隣の席から聞いてきたが、

「分かんない」

と洋介は答えた。

朝、家を出るとき、ママが期待にみちた顔つきで言ったことを思いだした。

「初めての通知表、楽しみね」

何が楽しみなのかなと洋介は思った。通知表って、そんなに素敵なものなんだろうか。

兄も姉もいないので、ほとんど通知表の意味がつかめていなかった。実際に先生から手渡されても、なんだタダの表じゃないかと、がっかりしたぐらいである。

洋介の関心は、べつのことにあった。

一学期のあいだに溜まった絵や工作の作品を、家へ持って帰ることになっていた。なかには長く教室の壁に張りだされていた絵もあり、洋介には大切なものだった。

これ、みんなパパに見せてやるんだ。

パパは会社の仕事が忙しくて、父親参観日には来ることができなかった。だから、まだ洋介の自慢の絵を見ていない。

ことにパパの顔を描いた絵は、先生がたいへん上手だとほめてくれた。絵だけでなく、紙でつくった花や鳥や動物などは、同級生のみんなが感心するほどの出来ばえだった。

「洋介くんって、すごいわね」

絵や工作にかぎって、女の子たちは口々にほめそやす。しかし、ほかの科目になると、からっきしダメだ。ことに算数や体育の時間となると、がぜん女の子たちは冷たい目を向けてくる。

しかたないよな、と洋介は思っている。

小雨のなかで、絵や工作のいっぱい詰まった紙袋はますます破けて、ついに中身がこぼれ落ちそうになった。洋介は袋ごと両腕に抱いた。すると、もう一歩も動けなくなってしまった。

「あらあら。それじゃ、たいへんねえ」

とつぜんマンションの入口から声がして、若いおばさんが洋介の荷物を覗き込んだ。

「待っててね、いま新しい袋を上げるから」

おばさんは、なかへ入っていって、まもなく大きな紙袋を持ってきた。

「さあ、これに入れ替えなさい。……まあ、絵が上手なのねえ」

知らないおばさんにまでほめられて、洋介はすっかり照れてしまった。

「おばさん、ありがとう」

「どういたしまして。……気をつけて帰るのよ。大事な作品を濡らさないようにね」

おばさんは優しい笑顔で見送ってくれた。

洋介は新しい紙袋をさげて小雨のなかを、ゆっくり歩きはじめた。

しばらく行くと、また教室で通知表を見せ合っている同級生たちのようすが目に浮

かんだ。みんな真剣な目をして、自分のと他人のとを見くらべては、

「おまえ、算数、いいんだなあ」

「おれより、おまえのほうがいいよ」

などと、言い合っていた。

洋介は、なるほどと思った。通知表って、そんなことが分かんのか。

傘の柄に肩を預けて歩いていくと、しだいに雨の勢いがつよくなってきた。大粒の雨が降りかかって、取り替えたばかりの紙袋を濡らしはじめた。

「やだな、また破けちゃうよ」

洋介は立ち止まって、懸命に紙袋をかばおうとした。しかし、雨は容赦なく打ちつけてきた。これでは、せっかくのパパの顔を描いた絵も、びしょ濡れになってしまう。

「どうしたらいいんだよう」

半泣きになりながら、紙袋のなかを覗くと端っこに厚めの紙が見えた。二つ折になっている紙を引っ張りだした。それは絵でも工作でもなかった。

「ああ、これはいいや」

洋介は笑みを浮かべて、二つ折の紙をひろげた。それを紙袋の口にかぶせると、具合よく雨避（よ）けのカバーになった。

これなら雨なんか平っちゃらさ。洋介は安心して、また歩きだした。

通知表と印刷されたカバーは、濡れそぼっていながらも、ちゃんと雨を防いでいる。

絵本のなか

夕食後の居間で、家族そろってテレビを楽しんでいるのに、五歳の広美だけは一人で絵本を眺めていた。

居間の端っこに腹ばいになり、畳に両肘をつき、てのひらで顎を支えて見入っている。夕食を終えるとすぐ、そうやって身じろぎもしない。食後のメロンが出されても、わき目をふることもなかった。

「広美ったら、また絵本のなかに入っちゃった。あれじゃ、しばらく戻ってこないわよ」

小学二年生の千穂がメロンをスプーンですくいながら、あきれたように言うと、パパもママも小さく溜め息をついた。

千穂はメロンを食べ終え、妹の分をラップで包んで冷蔵庫に入れた。広美が絵本から抜けだすまで一時間ぐらいはかかるから、せっかくの冷たいメロンが温まってしまう。

姉の優しい配慮にも気づかないで、広美は絵本に夢中になっている。

いま目の前にひろがっているのは広い野原だ。その向こうには、木立に包まれた教会や人家が見える。みんな石づくりの建物だ。

野原の真ん中に葉っぱの茂った木が立っていて、その木陰に広美は腰かけていた。

遠くの景色を眺めていると、野原のあちこちから、こちらを見つめている気配がする。たくさんの目が、そっと広美のようすをうかがっているようだ。

「おいで。いっしょに、あそぼうよ」

と、広美は声をかけた。

すると草むらのなかから、シカの角が遠慮がちにあらわれ、つづいてウサギの耳がのび上がる。ニワトリの赤いとさかが近づいてき、キツネのしっぽもやってきた。

「さあ、みんな、ここにおいで」

もういちど広美が呼ぶと、すぐそばの草がカサカサ鳴って、色とりどりの帽子をかぶった七人の小人たちが顔を出した。

「こんにちは。また、あそびにきたわよ」

広美が微笑んで挨拶をすると、小人たちはそばに腰かけて一斉に口笛を吹いた。

とたんに草むらから、たくさんの動物たちが姿をあらわした。ウサギ、ヤギ、タヌキ、キツネ、シカ、オオカミ、リスなどなど。それにニワトリ、アヒル、ツバメ、名も知らない小鳥たち。

みんな広美のそばに集まってきて、

「やあ、こんにちは。まってたよ」

それぞれの鳴き声で挨拶をしたので、ときならぬ混声合唱となって野原を流れ、それを聞きつけて新たな動物や鳥が集まってきた。

木立のなかの教会からは、鐘の音が鳴りわたって、広美を歓迎してくれている。

広美は、まるで白雪姫になったような気分で、うっとりしていた。

あたし、ここがだいすきなの。いつまでも、ここで、みんなといっしょにあそんでいたいわ。

昨日も一昨日も、その前の日も、ここで鳥たちの歌声を聞きながら、小人たちや動物たちと一緒に、いっぱい遊んだ。

さっそく今日も、みんなで輪になって遊びはじめた。シカやキツネと足なみそろえて、幼稚園でならったお遊戯をしたり、ウサギやタヌキと駆けっこをしたり、それは楽しいひとときだった。ところが、しばらくすると、とつぜん動物たちが動きをとめて、耳を立てた。鳥たちが、するどい鳴き声を上げて一斉に羽ばたいた。小人たちは怯(おび)えた顔を見合わせて、そっと広美のそばから離れていく。

「どうしたの？」

広美が聞くと、小人たちは唇に指をあてて小さな声でささやいた。

「また、いじわるなまほうつかいが、きたんだよ」

その声が合図のように、動物たちは草むらへ逃げ込んでいく。リスが木のてっぺんへ駆け上がり、鳥たちは空高く舞い上がった。

遠くで、たしかに声が聞こえる。

「じゃあ、またおいで」

小人たちは帽子を振り立てて、大急ぎで草むらへと駆け込んでいく。

また遠くで、呼ぶ声が聞こえてきた。

「広美ったら、いいかげんにしなさいよう」

いきなり目の前の野原が消えてしまった。みんなの隠れている草むらも、遠くの木立も教会や人家も、何も見えなくなった。

「なにすんのよう」

広美は姉の腕にむしゃぶりついて、絵本を取り戻そうとすると、

「広美ちゃん、さっさとメロンを食べて、お風呂にお入りなさい」

テーブルの向こうから、ママが言った。

広美はうらめしい目をして立ち上がり、姉に向かって顎を突きだした。

「おねえちゃんなんか、だいきらい」

「なによ、あんたのメロンを冷蔵庫で冷やしといてあげたの、あたしなんだよ」

千穂が怖い顔をしてにらむと、

「おねえちゃんなんか、だいっきらい。いじわるな、まほうつかいのくせに」

広美は、まだ絵本から抜けだせない顔つきで、そう言いつのった。

昆虫採集

夏休みに入る前から、宿題の自由研究は昆虫採集にしようと決めていた。

小学三年生の博文は、ひそかにほくそえむところがあった。セミやトンボやチョウはもちろん、カナブンやカミキリムシやクワガタやカブトムシまで、みんなそろえて、クラスじゅうをびっくりさせてやるぞ。

クラスの親しい仲間には、ひそかに予告しておいた。みんな、まさかという顔をして、

「おまえ、田舎に行くのか？」

と、怪訝そうに聞いてきた。

博文たちの町は郊外とはいえ、東京都心から私鉄電車で四十分ほどしか離れていない。雑木林や畑はあるが、どこにも採集するような昆虫などいない。仮にいたとしても、せいぜいトンボかチョウぐらいのものだ。それでさえ見つけられたら幸運というべきである。

それに博文の両親は、もともとこの町の生まれなので、帰省する田舎のようなもの

はない。そのことを仲間たちは知っていた。

「なあに、まかせなさい」

博文は平然として言ってのけた。

「ちゃんと秘密の採集場所があるのさ」

仲間たちは半信半疑だったが、二学期を楽しみにしている、と口をそろえて言った。

博文の自信まんまんの予告の裏には、

「あそこなら、ぜったいだよ」

というパパの言葉があった。

じつはパパが、昆虫のたくさんいる場所へ連れていってくれると約束したのだ。

「パパが子供のころからある小さな雑木林でね。むかしは、毎年夏になると、いろんな昆虫を捕まえたもんだよ」

「いまでも昆虫がいっぱいいるの？」

「ああ、いるさ。……このあいだ用があって、そのへんに行ったとき、確かめてきた」

「ほんとう？　クワガタもいた？」

「ああ、いたよ。……林のなかに入って土を掘ってみたら、幼虫がゴロゴロいたから、夏休みのころには成虫になってるだろ」

「嘘じゃないね、ほんとだね？」

博文は、しつこいほど念をおしたのだ。

それが六月の末だった。パパの話によると八月中旬まで待てば、昆虫がいっぱい出てくるだろうという。その林は道路から畑をへだてたところにあるので、めったに子供たちは近寄らないらしい。

「すごい、やったね」

博文は飛び上がって喜んだのだった。

夏休みが半分以上もすぎたころ、ようやくパパが博文に声をかけた。

「おい、そろそろ行ってみようか」

「わあい、昆虫採集だあ」

博文は勇んで出かける準備をした。

捕虫網と大きな虫籠は、だいぶ前から買っておいた。わるい虫に刺されないように、長袖のシャツを着て、ジーパンもはいた。

さあ、出発だ。パパの自転車のあとを追って、博文も自転車をこいだ。

目的の林は思ったより遠かった。しかし、博文は弱音を吐かず、汗だくになりながら一所懸命ペダルを踏みつづけた。

「パパ、……まだ遠いの？」

「ああ、もうちょっとだ。あそこに見える坂を登って、少し行ったところだ」

「こんな遠くまで、子供のころ、パパは一人で昆虫採集に来たの？」

「ああ、むかしは自転車なんか持ってなくて」

と、パパは懐かしそうに言った。

「この道を、てくてく歩いてきたんだ」

そのころは、いまのように道路沿いに家が密集してはいなかった。見渡すかぎり畑や雑木林ばかりで、ほとんど人通りもなかった、とパパはしきりに話した。

自転車で坂を登るのはキツかったが、博文は歯を食いしばってがんばった。

坂道を登りつめて、少し行ったところで、パパが急に自転車を停めた。あわてて博文もブレーキをかけた。

「あれはなんだ、何をしてるんだ？」

パパが前方を見つめて、つぶやいた。

三十メートルほど先に、ブルドーザーが停まっていた。そばで数人の男たちが図面のようなものを広げている。

パパは自転車を用心深く前へ進めた。博文もゆっくりと後ろにつづいた。

ブルドーザーのかげに畑地らしい場所が見えてきた。土が無残に掘り返されていて、とても畑には見えなかった。

パパはブルドーザーのそばまで行って、また自転車を停めた。大きな溜め息をついたのが、その肩の動きで分かった。

「あの林がなくなってる」

パパのかすれた声が聞こえた。

博文が覗いてみると、荒れた畑地の奥に、さらに荒れ果てた空き地がひろがっていた。

「あそこに雑木林があったんだよ」

パパが怒ったように言った。

ブルドーザーのそばで男たちが、うさんくさそうに父子を眺めていた。

メガネ

「メガネなんて、やだよう」

小学四年生の怜子が泣きべそをかいていた。

「だって、ブスになっちゃうんだもん」

夏休み前の身体検査で、怜子は近視になっていることが分かった。それで、学校からはメガネをかけるように勧められている。

「そのままにしてると、どんどん目がわるくなってしまうのよ」

メガネを誂(あつら)えようと、ママが何度も説得しているが、どうしても言うことをきこうとしない。そろそろ夏休みも終わるので、ママは今日こそなんとかメガネ店へ連れていこうとしていた。

「ほら、そんなに目を細くして見るでしょ。自分じゃ気がつかないでしょうけど、とても感じがわるいわよ」

「メガネのほうが、ずうっと感じわるいわ。あんなみっともないの、いやだよう」

メガネをかけている同級生のことを、怜子は思い浮かべていた。痩せっぽちの男の子だが、小さな顔にメガネばかりが目立って、みんなからメガネくんと呼ばれている。

あんなふうには、ぜったいなりたくない。だいいち女の子がメガネなんかかけたら最悪のマイナスだわ。ただでさえ、ぷっくりしたほっぺたを笑いものにされているのに。

「黒板に書いた字も見えないはずだって、先生がおっしゃってたわ。そんなことでは成績だって、どんどん落っこっちゃうのよ」

「そんなことないもん。ちゃんと見えるもん」

「それは、先生が前のほうに席を移してくださったからでしょ」

早くメガネをかけさせないと、目ばかりでなくて頭のほうにも、よくない影響が出てくる。見るものがすべてぼんやりしていては、集中力がなくなるし気力も失われてしまう。だいいち道路を歩いていても危険だ、とパパも口を酸っぱくして言っている。

「ゆうべもパパがおっしゃってたわよ」

と、ママが気づかわしげに言った。

「メガネをかけないと、目の形が変わってしまって、いまにコンタクトレンズを使うようになっても、目つきのわるい、みっともない女の子になっちゃうんですって」

怜子が、びっくりした表情になった。目つきのわるい女の子になるなんて、まったく思いがけないことだった。

「やだあ、そんなの」

「そうでしょう？　目つきがわるいと、だれにも好かれないわよ。……大きくなっても恋人もできない女の子でいいの？」

ママは、ここぞとばかりに言いたてた。

怜子は不安になった。ここで辛抱してメガネをかけたほうがいいか、それとも将来の恋人をあきらめなければならないか。結論は、はっきりしている。

「じゃ、ちょっとだけメガネかけてみる」

そっとつぶやくと、待ってましたとばかりママが出かける準備をはじめた。

「メガネを頼んでから、喫茶店に寄ってチョコレートパフェを食べましょ」

はしゃいでいるママを横目に、怜子は溜め息をついていた。とうとう、あたしもメガネくんの仲間になっちゃうのね。

駅前のメガネ店に行くと、白衣をつけたお姉さんが怜子を検眼室へ案内した。

機械をとおして遠くの壁にかかげた表を見つめさせられ、目の前で度数のちがうレンズをとっかえひっかえされて、怜子はすっかり疲れてしまった。ようやく検眼表のよく見えるレンズがきまって、それをはめた妙なメガネをかけさせられた。

「これで、しばらく外を見ていてください」

と言われて、店の外へ目をやった。

「わあっ、ママ、すごい」

　怜子は思わず叫んだ。

「向こうのお店のなかが見えるわ。歩いてる人の顔がはっきり見える」

　あらゆるものが日光の粒をやどして、まばゆいかがやきに満ちていた。街路樹の葉っぱの一枚一枚がくっきりしている。向こうから走ってくる自動車のナンバーや運転している人の顔つきまで、よく見える。

　こんなに素晴らしい世界が目の前にあったなんて信じられない。いままでの、ぼんやり煙ったようなものはなんだったの？

　あまりの新鮮さに感動しながら、ママのほうへ目を向けた。すると、これまででいちばん綺麗なママが怜子を見つめていた。

アリンコの列

　二学期のはじまった日、学校から帰った成彦は、なんとなく気分が重かった。

　夏休みの宿題は提出したし、ひさしぶりに会った同級生たちとも愉快に話をしてきた。担任の先生の機嫌もよくて、叱られるようなこともなかった。何一つ問題はないのに、どうしてか気分が晴れないのだ。

　四年生にもなって、夏休みボケというわけはないだろう。去年も一昨年も、こんな気分になったおぼえはない。

「かったるいなあ、やだなあ」

　つぶやいていると、ママが怖い目をして、にらんだ。成彦は、そそくさとおやつを食べ終えて、玄関へと出ていった。

「しっかり習ってくるのよ」

　ママの叱咤が背中に飛んできた。

　これから夜までの四時間に、学習塾とピアノ教室をまわらなければならない。どちらも嫌いでないが、今日にかぎって、どうしてかかったるいのだ。

夏休みのあいだも、学習塾の特別セミナーとピアノの早朝レッスンには欠かさず通っていた。けっして楽しいとは言えなくても、苦痛ではなかった。そのあいまにパパと海へ行ったし、遊園地のプールにも二回も行った。

「おまえも、たいへんだな」

と、パパに言われたことがある。

「塾だ、ピアノだと追い立てられてさ」

あれは海に行ったときだ。帰りの電車のなかで、ふっとパパが言った。いつになく、しんみりした口調だったので、あれっと思った。ピアノはママの勧めによるものだったが、学習塾のほうは、もともとパパが強要したのだ。

「早くから受験準備をしておかないと、あとあと泣くことになるぞ」

というパパの一言で、三年生の一学期から通うことになったのだ。

そのパパが疲れた顔をして、たいへんだなと言ったので、成彦はとまどってしまった。四十歳にあと一年のパパのほうが、じつはたいへんなんじゃないかと、ひそかに思った。海でも、パパは砂浜の人込みのなかで、ほとんど眠ってばかりいた。

玄関を出た成彦は、自転車にまたがって、表通りへ向かった。このまま走っていけば、塾のはじまる時刻には楽に間に合う。

しかし、途中にある小公園の前まで来て、いきなりブレーキをかけた。しばらくペダルに片足をのせていたが、やがて自転車を降りて公園へ入っていった。

夏休み中にも毎日のように、この公園の前を通っていたが、一度も寄ったことはない。ブランコと砂場があるだけの公園だから、とくべつに興味を引かれることもなかった。

ただ、小学校に入る前に、ときどきママに連れられて来たおぼえがある。

砂場で母子連れが遊んでいた。三歳ぐらいの男の子が、しきりに母親に話しかけながら、小さなシャベルで砂を掘り返していた。

成彦は母子の後ろを通って、奥のほうへ自転車を押していった。金網のフェンスがあって、それに昼顔が巻きついていた。ピンクの小ぶりな花が三輪ほど咲いていた。

ふと、足もとにアリが列をつくっているのに気づいた。成彦は、しゃがみこんだ。

「おにーたん、……おにーたん」

後ろで声がして、いきなり背中に温かいものが張りついた。砂場にいた男の子だった。砂粒のついた手で肩のあたりを触ってくる。甘いミルクの匂いがした。

「ほら、……アリンコがいるよ」

成彦は地面を指さした。自分でも驚くほど優しい声を出していた。

一人っ子の成彦には、幼い子の扱いかたは分からない。しかし、初めて接したのに、なぜか照れもぎごちなさもなかった。

「アリさんが、なにか運んでいくわね」

母親もそばに来て、一緒に覗きこんだ。

成彦は男の子を支えるように、柔らかな手を軽く握っていた。すると、とても落ち着いた気分になった。

母子が公園を出ていったあとも、成彦は一人でアリの列を眺めていた。

塾のはじまる時刻はとっくにすぎて、そろそろ終わりに近づいている。しかし、成彦はまったく気にしていない。このあとのピアノ教室へも行かないつもりだ。

一日ぐらい、こんなことがあったっていいじゃないか。だって塾もピアノも、考えただけで、かったるいんだもの。

アリを眺めているあいだに、幼い子たちが何組かやってきて、横にしゃがみこんだ。

「へえ、アリンコの列だ、すげえや」

などと言う子もいたが、ほとんどの子が、ひとしきりブランコをこいで去っていった。

成彦は膝小僧に顎をのせたまま、じっとしていた。日暮れて地面が見えなくなるまで、動こうとしなかった。

恐竜の中身

研一は四歳だが、恐竜については大人も顔負けの知識を持っている。ディプロドクス、ティラノサウルス、トラコドン、プロントサウルス、イグアノドン、トリケラトプス、ステゴサウルスなど、すべての名前をつっかえることなく言うことができる。そればかりか、ディプロドクスが体長二十五メートルもあることや、ティラノサウルスが体長十五メートルで最大の肉食攻撃恐竜だということも知っている。

博物館にはパパと何度も行っているし、恐竜の本なら大人向けのものまで持っている。模型の写真や想像図を眺めているだけだが、詳しい知識はパパやママに本を読んでもらって、おぼえたものだ。

小さな研一が大人を見上げて、

「あのね、プロントサウルスはね、おみずのそこにもぐって、くらしてるんだよ」

などと言いだすと、たいがいは感心した顔をする。なかにはパパやママに、

「すごい坊やですね、将来が楽しみだ」

と、真面目な顔で言う人もいる。

この夏、研一は動く恐竜に出会った。

機械じかけなどではなく、ちゃんと自然の動物らしく歩いていた。躰の形から、イグアノドンだと分かった。

毎日のように見に行くうちに、研一はイグアノドンと仲よしになることができた。なにしろ研一が見ていると、嬉しそうに長い尾を揺らしながら、近づいてくるのだ。

いくら家から近いとはいえ、

「暑いから、もうイヤよ」

とママがいうのを無理やりせがんで、連日スーパーマーケットの屋上へ出かけたのは、このイグアノドンに会うためだった。

恐竜にしてはだいぶ小さかったが、じつは研一はまだ幼くて大きさや長さを単位で測ることができない。つまりイグアノドンの体長は十メートルとおぼえていても、実際にどのぐらいの大きさか分からないのだ。

「あのイグアノドン、おともだちなんだよ」

スーパーマーケットの屋上で、研一はまわりの子供たちに、そう言っている。

博物館には模型や骨格しかないし、図鑑に載っているのはただの絵である。思いがけなく、これほど身近に生きた恐竜がいたので、研一は嬉しくてたまらなかった。

なんとかして、うちにつれてかえりたいな。そして、ぼくのへやでかうんだ。子供部屋では狭すぎるだろうから、パパとママに頼んでベランダを使わせてもらおう、と真剣に考えていた。

その前にイグアノドンともっと仲よくならなければいけない。いまのところ、あっちは舞台の上、こっちは観客席なのだから。

「ああ、暑い暑い。……ママは売場のほうで涼んでくるから、ここで観てなさいよ」

そう言って、ママが屋上をあとにしたのを幸いに、研一はそっと舞台に近づいていった。イグアノドンは研一を見つけて、いつものように大きな躰を揺すった。

「ねえ、ぼくんちにこない？」

研一は舞台の端に両手をかけて言った。

「おやつを、わけてあげるからさ」

イグアノドンは大きな頭を傾げていたが、両方の前足で拍手して喜び、ついでに唸り声を上げた。だが、研一の想像とちがって、まるで人間が叫んだように聞こえた。

それからイグアノドンは舞台をところ狭しと歩きまわり、ほかの恐竜を襲うようすを見せたり、独りで転がってみたりの大活躍をした。研一は観客席の子供たちと一緒に、目をかがやかせて観ていた。

大暴れしたイグアノドンが舞台の袖に消えると、研一は大急ぎで駆けだした。舞台の裏に恐竜のすみかがあるらしい。

研一は胸をドキドキさせていた。

あいつをかうのを、パパとママがしったら、きっとびっくりするだろうな。

舞台の裏手は幕で隠されていたが、たしかに恐竜のすみかのようだ。舞台から消えたイグアノドンが、そこに立っていた。しきりに前足で、自分のくびのあたりを触っている。

研一は、こわごわ近づいていった。あれほど舞台の上で嬉しそうにしていたのだから、嚙みつくようなことはないだろう。

すぐそばまで行ったとき、とつぜん思いがけないことが起こった。イグアノドンの頭だけが、ふいに後ろに倒れて、代わりに汗びっしょりの人間の顔があらわれたのだ。

「あわわ、……イグアノドンが」

研一は口をあんぐり開けたまま、立ちつくした。驚きのあまり身動きもならなかった。

「ひゃあ、暑い暑い」

イグアノドンのなかの人間が、大きな吐息をつきながらタオルで顔を拭いた。よく見ると、若いおじさんだった。

なあんだ、きょうりゅうのなかみって、こんなおじさんなのかあ。

そんなわけで研一は、また恐竜についての新しい知識を身につけた。

忘れんぼ

今日も、ママが大騒ぎをしている。

「ねえ、由利、ママのお財布見なかった?」

家じゅうの押し入れやタンスを探しまわっても、なかなか見つからない。毎度のことだから、小学四年生の由利もあきれてしまう。

いつもママは自分のものをどこかに仕舞っておいて、その場所を忘れてしまう。これはママのクセである。

「ねえねえ、あんたも探してよ」

夕食の買い物へ出かける時間なので、あわてている。だから、よけいに見つからない。

由利は仕方なく、ママの仕舞いそうなところを重点的に掻きまわす。すると、予期したとおり、居間のソファの隅から出てくる。ごていねいにクッションの下になっている。

「そうだわ。今朝、表にゴミを出しにいくとき、そこに隠しといたんだった」

ママは、ほっとした顔になる。さっきまでのあわてぶりは、どこへやらである。財布などは毎度のことだが、いつかなどは真珠の指輪を仕舞い忘れて、半泣きになったことがある。パパとの婚約指輪で、ママが命から三番目に大事にしているものだ。ちなみに一番目と二番目はパパと由利だそうだが、どちらが一番目かは定かでない。指輪はママの手袋のなかにあった。用心のために、いちばん古い手袋の指のなかに入れておいたのだそうだ。なかなか見つからなくて、あきらめかけたとき、いつものように重点的に探していた由利が見つけだした。

「ちゃんとおぼえといてよ、ママ。いつもこうなんだから、付き合いきれないわ」

由利が頬をふくらませて文句をつけると、きまりわるそうに片目をつむってみせて、

「あんたがしっかり者だから、ほんとに助かるわ。これからも頼むわね」

などと、調子のいいことを言う。

そのたびに、あぁあと由利は思う。忘れんぼの母親の世話をしながら、あたしの青春はすぎ去っていくのかしら。

ママの忘れんぼは、お祖母ちゃんからの遺伝なのだ、とママ自身が言っている。

「なにしろ、自分の入れ歯をどこにおいたか忘れるんだから、そりゃたいへんな忘れんぼなのよ。……老眼鏡なんて、毎朝のように探しまわっているそうよ」

お祖母ちゃんは長野県の伯父さんのところで暮らしているから、そのようすを目撃

することはできない。それをいいことに、ママは自分の忘れんぼをタナに上げて笑うのだ。

由利は、お祖母ちゃんが大好きだから、

「ママなんかまだ若いくせに、こんなに忘れんぼなんだから、先が思いやられるわ」

そんな皮肉で敵討ち(かたきうち)をする。

財布が見つかったので、ママは大急ぎで買い物へ出かけていった。

「ママがいないあいだに、借りてきた雑誌を見ちゃおうっと」

由利は、いそいそとランドセルを開けた。下校の途中で友だちの家に寄って、ママに内緒で借りてきた少女向けコミックだ。

なかに大胆な連載漫画があって、かなりエッチな感じなので、由利も友だちも、それぞれの母親から読むのを禁じられている。

「こんなの、たいしたことないわ、ねえ」

友だちと言い合って、かわりばんこに買ってきては、こっそり貸し借りしている。いつもママに見つからないように読んでいるが、今日もママが早く出かけてくれないかと待ちわびていたのだ。

「あら、ないわ……」

ランドセルを覗いた由利がつぶやいた。

あたりを見まわしたが、もとより内緒で借りてきたものだから、そこらにおいておくはずもない。由利は、くびを傾げた。

「うちに帰ってきて、ランドセルをおいて、手を洗いに行ったでしょ」

自分の行動を一つ一つ思いだそうとした。おやつを食べて、宿題をやって、というぐあいに考えていったが、どうしても思いだせない。どこか目立たないところに隠したような気もする。

「困っちゃったな、ママが帰る前に見つけないと、たいへんなことになっちゃう」

由利は半泣きになって、家じゅうのあちこちを探しはじめたが、どうしても見つからない。そのうち、なあんだと思った。

考えてみれば、さっき、あれほどママが掻きまわしたあとじゃないの。それでも雑誌は見つからなかったんだわ。

ほっとしたとき、居間の電話が鳴った。

「由利ちゃん、……ひどいわ」

受話器の向こうで友だちがわめいていた。

「あんた、あの雑誌、さっき玄関のとこに忘れてったでしょ。……あのあと、ママに見つかって、たいへんだったのよう」

由利は受話器を耳に当てたまま立ちすくんだ。あんたみたいな忘れんぼとは絶交よ、と友だちはわめきつづけている。

手紙

秋の初め、育子あてに手紙が来た。

「うれしい、あたし初めて」

小学三年生の育子は思わず歓声をあげた。パパやママあてに来た手紙なら、これまでにたくさん見ているが、自分あてのものなんて生まれて初めてだ。

差出人は従姉の菊絵ちゃんだった。育子は茨城の伯父さんの家で夏休みをすごしたが、そのとき宿題をずいぶん手伝ってもらった。

二つ年上の菊絵ちゃんは、育子が茨城から帰ってくるとき、

「お手紙書くから、お返事ちょうだいね」

と、なごり惜しそうに言った。

約束どおりに手紙をもらい、育子はすっかり感激した。同封されてきた海水浴や花火大会の写真を前に、何度も手紙を読み返しては、うっとりした気分にひたっている。

「お手紙っていいわねえ。……だって、なんべんでも読めるんだもん」

それに電話なんかとちがって、好きなときに、好きなだけ読んでいることもできる。

「それはね、育子がお勉強をして、ちゃんと字が読めるようになったおかげなのよ」

と、そばでママが言った。

「そういえば、ずいぶん前に、育子あてのお手紙を預かっていたんだわ」

「ほんと。ねえ、だれからの？」

「待ってて、いま探してくるから」

ママは奥の部屋へ行ったが、見つけ出してくるまで、ずいぶん時間がかかった。そのあいだ、育子は胸をわくわくさせていた。

するど、菊絵ちゃんのお手紙が初めてじゃなかったのね。いったい誰からなのかしら。

「お待ちどおさま。……これ、お祖母ちゃんからの、お手紙なのよ」

「ええっ、お祖母ちゃんから？」

育子が驚くのもムリはなかった。

パパのほうのお祖母ちゃんは育子が生まれる前に亡くなっていたから、顔も知らない。ママのほうのお祖母ちゃんは、幼い育子をずいぶん可愛がってくれたが、やはり四年前に亡くなってしまった。

「育子が読めるようになったら渡してって、くださったお手紙なのよ。……亡くなる少し前に書いたらしいの」

ママは、しんみりと言って、持っていた手紙を育子へ渡した。

白い封筒には〔育子ちゃんへ〕とボールペンの字で書いてある。

封筒から、そっと中身をとり出した。便箋をひらくと、ほのかに金木犀のような、いい香りがただよった。お祖母ちゃんの匂いだ、と育子は思った。

「育子ちゃん、この手紙が読めるようになったようですね。おめでとう。よくお勉強しましたね。でも残念だけど、お祖母ちゃんは成長したあなたを見ることができません」

と、手紙は書き出されている。かすかにおぼえているお祖母ちゃんの声が、育子には聞こえるような気がしていた。

「お祖母ちゃんは、あなたが大好きですよ。だから、いつも天国から見守っていますからね。あなたも、いつまでもお祖母ちゃんのことをおぼえていてちょうだいね」

じつをいうと亡くなってから何年もたったので、育子はお祖母ちゃんのことを忘れかけていた。その優しい顔も明るい笑い声も、ほとんど記憶から消えかけていたのだ。

赤ん坊のころ、ママがお仕事をしていたせいもあって、毎日のように、お祖母ちゃんに子守をしてもらった。だから、ものごころつく前から、ずっとお祖母ちゃんっ子だった。五歳までは、お誕生日も雛の節句も、お祖母ちゃんの膝の上で迎えた。

お祖母ちゃんは、育子の小学校へ入学する日を楽しみにしていたが、その一年前に亡くなってしまったのだ。

そのときのことを、おぼろげではあるが、いまでも育子はおぼえている。

ある日、とつぜん、お祖母ちゃんの姿が見えなくなったので、育子はさんざん泣きわめいて家じゅうを探しまわった。数日後、ママに連れられて病院に行ってみると、びっくりするほど痩せ細ってしまったお祖母ちゃんがベッドの上で眠っていた。

お祖母ちゃんは、入院するとすぐ、育子あての手紙を書いておいてくれたらしい。

そのころは、まだ幼くて、読むことはできなかった。しかし、小学三年生になったいまでは、ちゃんと読めるし理解もできる。

「育子ちゃん。元気で、いい子に育ってね。それから、ときどきは、お祖母ちゃんのことも思い出してちょうだい。さようなら」

最後に、そう書いてあった。

なんどもその部分を読み返して、

「ごめんね、お祖母ちゃん」

そっと、育子はつぶやいた。

「もうけっして忘れたりはしないわ。このお手紙を読めば、いつだってお祖母ちゃんを思い出すことができるもの」

月の光

今夜も、パパは酔って帰宅した。

冷蔵庫を開けてビールを出そうとしたら、もうおよしなさいとママが言った。それが原因となって、二人はダイニングキッチンで、はなばなしく言いあいをはじめた。

小学六年生の圭子は、子供部屋でなりゆきをうかがっていた。うるさくて勉強などできたものではない。ベッドでは、三年生の弟が無神経にイビキをかいている。

男の子って、やっぱり父親に似ちゃうものなのかしら。

ママとパパが口喧嘩するのは、パパのほうがよくないからだ、と圭子は思っている。

パパは毎晩のように酔っぱらって遅く帰ってくるし、たまの休みにもソファに寝そべって、テレビを観ながらグウタラしている。ときどき人前でオナラまでする。

ママが一言でも注意しようものなら、うるさいぞ、よけいなことを言うな、と怒鳴りまくる。だからママとしては、ついついパパに負けじと大声をあげるはめになる。

どうしてママは、パパなんかと結婚したのかしら。圭子は、ときどき、そう思うことがある。

ママは三十九歳だが、まだ若々しくてきれいだし、太ってもいない。それにひきかえ、パパは四十三歳にしては額が抜けあがっているし、おなかもだいぶ出ている。

「ママ、ほんとにパパとは恋愛結婚なの？」

圭子が聞くと、ママは笑って、

「そうよ、大恋愛だったの」

と、片目をつぶってみせる。

そんなときは、けっこう幸せそうで、

「若いときのパパはね、そりゃ素敵だったのよ。ママにはライバルがたくさんいたの」

などと懐かしそうに言う。

「パパはテニスがうまくて、優しくて、女の子にモテて、たいへんだったのよ」

圭子は信じがたい思いでママを見つめる。いまのパパからは想像もつかないことだ。

「ねえ、ママ。……そんなパパが、どうしていまのようになっちゃったのかしら？」

「さあねえ、きっと、お仕事が忙しすぎて、くたびれてるんだと思うわ」

あきらかに、かばっている。そんなら口喧嘩なんかしなきゃいいのに。

いつのまにか言いあいが聞こえなくなっていた。どうやら、パパは強引にビールを飲みはじめたようだ。外で酔っぱらうほど飲んできたのに、まだ飲みたりないらしい。

「そこがパパのだらしないとこなのよ。明日の朝は、きっとまた二日酔いだわ」

と、圭子はつぶやいた。

ママの声がしないところをみると、もうサジを投げてしまったようだ。

それにしても、テレビの音まで聞こえてこないのは、どうしたわけかしら。いつもならママは、パパに背中を向け、じっとテレビを眺めて、怒りをしずめているはずなのに。

圭子は、こっそり廊下へ出て、ダイニングキッチンを覗いた。パパはワイシャツの裾がズボンからはみ出た格好で、テーブルに向かっている。うたた寝をしているようだ。

ママの姿はなかった。

「ねえ、ママ、どこにいるの？」

そっと呼んでみたが、返事はなかった。

居間へ行くと、ベランダのガラス戸から夜風が入りこんでいた。ベランダが、とても明るかった。ガラス戸のそばへ行ってみると、中天に月がかがやいている。戸のあいだに、ママの後ろ姿が見えた。月の光をあびて、なにかに思いをこらしているらしく、圭子の近づくのにも気づかないようすだった。

圭子は立ちすくんで、ママを見守った。どことなく、いつものママとはちがう。人を寄せつけない、冷たい空気を全身にまとっている。まるで別人のようだ。

「ママ、……どうしちゃったの？」

圭子は、小さく声をかけた。

ゆっくりと、ママがふりむいた。その顔には表情がなかった。他人を見るような目をして圭子を見つめた。

「いやだあ、……ママ」

思わず泣き声をあげると、とたんにママの顔つきが変わって、

「どうしたのよ、圭子」

と、ふだんの優しい声で聞いてきた。

「あんた、そこで、なにしてるの？」

ベランダから入ってきて、圭子の肩を抱いた。そのしぐさも、いつものママだった。

「ママこそ、なにしてたのよう」

「お月さまを見てたの。……ほら、あんなにきれいなお月さまだもの」

ママは、またベランダのほうへ向いた。

圭子は急いでママの腕をとらえ、力いっぱい自分のほうへ引き寄せて、

「いやよ、お月さまなんか見ないで」

と、強い口調で言った。

ママは怪訝そうに、圭子の顔を見つめた。

おめかし

二十年ぶりの同窓会に出席するために、ママは前日から美容院に行ったり、着ていくものを選んだりで、たいへんな騒ぎだった。

この日は、パパは海釣りに、中学三年生のお兄ちゃんは模擬試験にと、それぞれ朝早くから出かけてしまった。せっかくの休日なのに、小学四年生の浩子だけがお留守番だ。

昼すぎにママを送り出すと、浩子は居間のソファに腰かけた。

テレビをつけると、ドラマをやっていた。大勢の家族が楽しそうに話しながら、食卓をかこんでいるシーンが出てきた。

「ああ、つまんないな」

大きな声で言ってみると、語尾のほうが静かな家の奥に吸い込まれていくようだ。

3ＬＤＫの家が、いつもよりぐんと広く思えた。

お留守番は、これまでにも何度かしたことがある。しかし、いつもママがお買い物に行ったり、歯医者さんへ通ったりするあいだの短い時間にすぎなかった。ところが、今回は夕方にお兄ちゃんが帰ってくるまで、およそ五時間も一人ぼっちなのだ。

心細いというほどではないが、なんとなく落ち着かない気持ちになっている。

テレビをつけたまま、ソファから立って、家のなかを歩きまわった。

ダイニングキッチンを覗き、お兄ちゃんの部屋に入って本棚を見まわし、自分の部屋の前は素通りして、最後にパパとママの部屋に忍び込んだ。

どこにも退屈のまぎれるようなものは見当たらなかった。パパとママの部屋を出ようとしたとき、浩子は目をかがやかせた。

ママの三面鏡が大きく開いている。

鏡の前に化粧品が出しっ放しになっていた。きっとママは出かける時間に追われて、あわてて片づけるのを忘れたのだ。

きれい好きなママだから、いつもならこういうことはしない。化粧品もブラシなども、きちんとしまって、三面鏡を閉じている。

浩子は、わくわくして近づいていった。

クリーム、ファンデーション、口紅、アイシャドー、頰紅、眉墨（まゆずみ）など、いろんなものが散乱している。つんと、お化粧の匂いがして、それが大人のような気分を誘った。

「まあ、あなた、まだお化粧がお済みじゃございませんの？　どうぞ、お急ぎになって」

浩子は大人びた声を出しながら、しなをつくって三面鏡の前に腰かけた。

しばらくは化粧品を眺めながらためらっていた。ママのお化粧する姿は、よく見かけているが、自分が鏡の前にすわるのは初めてである。そんなことをしようものなら、

「なにしてるの、浩子、子供のくせに」

と、かならず叱られるにきまっている。

こうして心ゆくまで自分の顔を見たことも初めてじゃないかな。毎朝、洗面台の鏡を、大急ぎで覗いてみるぐらいのものだもの。

自分の部屋にも小さな鏡がある。しかし、あまりにも小さくて、顔の半分も映らない。ママの三面鏡は前々から憧れの的だった。

浩子は、じっと鏡に見入った。鏡のなかにいるのは、おかっぱ頭の女の子だが、いつのまにか本人の気持ちは妙齢のレディーになっている。

浩子は、そっと化粧品へ手をのばした。まず顔じゅうにファンデーションを厚く塗りたくった。つぎに両頬に紅を付けると、あとは抑えがきかなくなった。

「このごろはアイシャドーを濃くしたほうが男性の目を引きますそうなんですのよ」

ほほほ、と笑いながら、瞼のあたりを紫色に塗っていく。そのうえで鏡に顔をくっつけるようにして、眉墨を黒々と引いた。

しだいに、もとの浩子の顔は塗りつぶされて、幼稚園児の描いた絵のような顔が、

鏡に映し出された。

「まだまだよ。……これから、もっと美しくなりますわよ。お待ちになってね」

本人も内心では、予想外に気味の悪い顔になったものだと思っているが、仕上げの口紅さえ引けば、と望みをかけていた。

玄関のチャイムが鳴ったのは、口紅を引き終えたばかりのときだった。

浩子は口紅を取り落とした。ふたを開けたままのクリームのビンのなかに、口紅が半分もぐり込んでしまった。

「ああ、どうしよう」

デパートから荷物が届くはずだから、とママに言われていた。きっと、それにちがいない。しきりにチャイムを鳴らしている。

浩子は、あわてて玄関へ行ったが、この顔でドアを開けることはできない。

「はあい、ちょっと待ってくださあい」

叫びながら、自分の部屋に駆け込むと、棚の上を掻きまわした。ようやく二年生のとき学校でつくったボール紙のお面を見つけた。

「どうも、お待たせしました」

いきなり節分の鬼がドアを開けたので、配送係のおじさんは驚いて後ずさった。

幼なじみ

チイちゃんが遊びにくるというので、伸郎は朝から胸をワクワクさせていた。

「ねえ、ママ。チイちゃんって、ぼくと同い年だったよね」

「ええ、そうよ。……五歳のときまで同じアパートに住んでて、幼稚園も一緒だったの」

と、ママは懐かしそうに言った。

伸郎は九歳だから、チイちゃんと別れてから四年になる。両方の家族が、ほぼ同時にアパートを出て、別々のところへ引っ越したので、おたがい会えないままになった。ひさしぶりにママ同士が連絡しあって、母子で伸郎の家を訪ねてくることになった。

「ぼく、チイちゃんのこと、おぼえてるよ」

「そうでしょう、とても仲よしだったから」

「いまも、あのころのまんまかな？」

「きっと可愛いお嬢さんになってるわよ」

土曜日だが、銀行員のパパは勤めに出かけた。それでママは、心ゆくまでチイちゃんのママと思い出話ができるというわけだ。

伸郎も、可愛く成長した幼なじみと何をして遊ぼうかと、前日から思案していた。チイちゃんとの思い出は、いろいろある。いつも二人で手をつないでいた。ママたちと一緒にお買い物に行くときも、公園で遊ぶときも、幼稚園のバスを待っているときも。

夏は、ビニールのプールで水遊びをした。四歳の誕生日には、ほっぺたに初めてキスしてくれた。別れるときは、いつまでも手をとりあって泣きわめいていたっけ。

「チイちゃんも、あのことおぼえてるかな」

伸郎がつぶやくと、ママは微笑んだ。

「また仲よく遊べるのよ、よかったわね」

チイちゃん母子は午前中に来て、一緒にお昼ご飯を食べることになっている。ママは腕によりをかけて、スパゲッティのミートソースをこしらえていた。

午前十一時になって待望のチイちゃんがやってきた。予想どおり紺のセーターが似合う色白のきれいな子だった。髪の毛をカールさせて、ピンクのリボンをつけている。

「おばさま、おひさしぶりです」

ママに挨拶するようすも、少し大人びた感じはしたが、優雅でチャーミングだった。

「伸郎ちゃんも、お変わりないわね」

じっと見つめられると、伸郎は顔が赤らむのをおぼえた。

こんな美人、うちの学校じゅう探しても見つからないや。これが、ぼくの幼なじみだなんて。

居間に落ち着いたママたちは、さっそく紅茶を飲みながら、おしゃべりをはじめた。

伸郎は昨日から計画していたとおり、テレビゲームをして遊ぼうと、ソフトをセットして待ちかまえた。しかしチイちゃんはママたちのそばにくっついたまま、おしゃべりの仲間入りをしているではないか。

仕方なく伸郎は一人でゲームを開始した。この音を聞いたら、きっと近寄ってくるにちがいない。なにしろ最新のソフトだから。

案の定、チイちゃんがこっちを気にしはじめた。ちらちら目を向けてくる。伸郎はゲームに夢中になっているふりをした。

「ねえ、伸郎ちゃんったら」

チイちゃんの声が聞こえた。

「わるいけど、その音、どうにかしてくれないかしら。こっちのお話が聞こえないから」

まるでお姉さんのような口調だった。

伸郎は、あわててゲームを中断した。

お昼になると、みんなでテーブルをかこんだ。チイちゃんはフォークとスプーンを器用に使い、スパゲッティを上手に丸めて食べた。伸郎は、いつものようにスパゲッティをフォークでたぐって、ズルズル音をさせながら口いっぱいにすすり込んだ。口のまわりをソースだらけにして、そっとチイちゃんを見た。チイちゃんは、あからさまに不快そうな顔をしていた。

食事が終わって、ママたちが洗いものをはじめると、チイちゃんがそばにきて、

「あんたって、品のない子ね」

そう言いながら、白く細い腕をのばして、いきなり伸郎の腕をつねった。

「もういやだ。あんたが一緒だと、せっかくのご馳走がだいなしになっちゃう」

伸郎が驚いて見つめると、チイちゃんは顔をしかめて、さらに指に力を込めた。

「あんたとなんか遊んであげないから、お外で泥んこ遊びでもしてらっしゃい」

ようやく指を放したので、見ると赤いアザができていた。伸郎は怯えてしまった。

「ママ。……ぼく、友だちと約束してるから、ちょっとでかけてくるよ」

あわてて帽子をかぶりながら、大声で告げた。玄関を出ながら振り向くと、チイちゃんが満足そうに微笑んでいた。

「伸郎ったら、チイちゃんにわるいでしょ」

ママの声が追いかけてきたが、伸郎は必死で表の通りまで駆けていった。

あんなに変わってしまうなんて。もう女の子なんかとは、ぜったい仲よくしないぞ。

帰り道

ふとテレビの画面から目を上げて、しまったと幸夫は思った。窓の外が、すっかり暗くなっている。

「ねえ、いま何時」

「まだ六時二十分だよ」

一緒にテレビゲームをしていた芳彦くんが腕時計をちらりと見て答えた。

「たいへんだ、ママに怒られちゃう」

と、幸夫はゲームを放りだした。

こんなに早く時間がすぎてしまうなんて信じられない。芳彦くんに誘われて、学校の帰りに寄ったのが午後三時前だから、もう三時間半も遊んでいたことになる。

「そうか、ゲームの途中で帰っちゃうのか」

芳彦くんはテレビの前に坐ったまま、不満そうに幸夫を見上げた。

二人は小学三年生だが、入学したときからずっと同じクラスで大の仲よしだ。幸夫は、学習塾やソロバン塾のない日には、たいがい下校の途中で芳彦くんのマンションに寄って遊んでいく。いつもは一時間ぐらいで帰るから、ママも黙認しているようだ。

芳彦くんは、いわゆるカギっ子である。

両親が離婚したあと、母親と二人暮らしをしている。母親が勤めに出ているので、家へ帰ると一人っきりなのだ。

幸夫のママは、その事情を知っているから多少の寄り道は大目に見てくれる。しかし、暗くなるまで遊んでくるのは許されない。

きっと大目玉を食らうにきまっている。

マンションを出ると、外はすでに夜の闇がたれこめていた。あたりの家々の明かりも、あかあかと灯っている。通りの向こうから、勤め帰りの人びとが歩いてくる。

幸夫は秋の夜気のなかを駆けだした。いつもより風が冷たく感じられた。――ママに、なんて言いわけしようかな。

息をはずませながら考えた。いい案は、なかなか浮かばない。家までは、歩いておよそ十五分ほどだ。それまでに考えつかなければならない。幸夫は走るのをやめた。

道の先にママの怖い顔が待っているような気がする。二度と芳彦くんのところで遊んできてはダメ、と言われるかもしれない。

「芳彦くんと算数の宿題をやってるうちに、こんなに遅くなっちゃって」

そんな言いわけをしたら、ノートを見せなきゃならなくなるだろうし、

「芳彦くんが急に頭が痛いって言いだしたんで、いままで看病してたんだ」

なんて言ったら、ママは芳彦くんちへ電話をかけて容体を聞くにきまってる。それなら、いっそのこと、自分が急病になったことにしたらどうだろう。

「芳彦くんちで遊んでいたら、急に頭が痛くなっちゃって、さっきまで寝ていたんだよ」

これならママは優しく迎えてくれるかもしれない。お腹が痛くなったというわけではないから、晩ご飯もちゃんと食べさせてくれるにちがいない。よし、これでいこう。

思いついたら、とたんに空腹をおぼえた。幸夫は足早になって、家路を急いだ。

家が近くなると、もういちど言いわけを口に出してみた。

待てよ、頭が痛くなったなんて言ったら、明日は病院に連れていかれるかもしれないぞ。

翌日の学校では、楽しみなことがいっぱいある。午前中はクラス対抗のサッカー試合があるし、給食は待望のホワイトシチューだ。あの味は、とてもママには出せない。そのうえ午後からは、大好きな工作の時間がひかえている。病院なんかに行ってられるか。

幸夫は道路に立ちつくした。もういちど考え直さなければならない。しかし、これではますます遅くなるばかりだ。

仕方なく家へと歩きはじめた。玄関の前まで来て、ようやく決心をした。

「遊びすぎて、時間を忘れちゃったって、正直にあやまろう。……二度としませんって言えば、かんべんしてくれるかもしれない」

そうだ、やっぱり正直がいちばんだ。ママだって、ちゃんと分かってくれるはずだ。

幸夫は気持ちをひきしめてドアを開けた。

「ただいま。遅くなって、ごめんなさい」

男らしく大きな声を出した。

すると、ママが奥から走りでてきて、

「だいじょうぶなの、幸夫ちゃん？」

と、抱きつくようにして言った。

「心配したわよ、いま迎えに行こうかと思ってたの。……ねえ、まだ頭は痛いの？」

幸夫は、びっくりしてママを見返した。

「なんだよ、ママ？」

「なんだよじゃないでしょ。……いまさっき芳彦くんから電話があったのよ。あんた、急に頭が痛くなって、いままで芳彦くんちで寝てたんだそうじゃないの」

ママは心配そうに幸夫の額に手をあてた。

「明日の朝、病院に行きましょうね。頭痛の原因を、ちゃんと診てもらわなくちゃ」

小さな指

ママが退院してくる日、朝から景子の胸はおどっていた。ママは生まれたばかりの妹を連れて帰ってくる。

小学一年生の景子は、ずっと一人っ子だったから、弟か妹が欲しくて仕方がなかった。それで、よくママに言ったものだ。

「ねえ、ママ。どうしてあたしにだけ、弟も妹もいないの？」

仲よしの友だちには可愛い妹や弟がいて、家に遊びに行くと、いつもお姉さんのそばにくっついてくる。友だちは邪魔っけにしているが、景子はうらやましくて仕方がない。

「あたしだったら、うんと可愛がって、うんと遊んであげるのにな」

その願いが神さまに通じたのか、ようやく待望の妹が生まれた。景子は大喜びだった。

「わあい、あたしにも妹ができたのよ」

さっそく病院へ会いに行った。パパやお祖母ちゃんと手をつないで、スキップをし

ながら出かけた。新生児室のベッドに寝かされている妹を、ガラス越しに眺めて、

「色白で、可愛い顔をしてるな」

パパが言うと、景子は得意そうにうなずいた。そうよ、あたしの妹だもん。

「あんなに動いてるわ、元気な子だわねえ」

お祖母ちゃんが言うと、景子は自分がほめられたような気分になった。あたりまえよ、あたしの妹だもん。

やがて妹はママのそばに連れていかれて、オッパイを飲んだ。ママの白い胸に吸いついているようすを、パパやお祖母ちゃんは楽しそうに眺めていた。

景子も微笑みながら見ていたが、なぜか胸の奥がチクリと痛んだ。それが最初に感じた辛い気持ちだったようだ。

ママと妹は無事に退院してきた。胸をおどらせて待っていた景子は、はしゃいで出迎えた。気持ちが浮きうきして、自然に躰が動いてしまう。

産着(うぶぎ)に包まれた妹が、パパに抱かれて家に入ってきた。背伸びして顔を覗いてみようとしたとたん、ママに叱られた。

「だめよ、景子、静かにして。……赤ちゃんは、おねんねしてるんだから」

パパが妹をかばうように高く抱き上げて、景子に背中を向けた。お祖母ちゃんが手を出して、妹を受けとった。

「さあさ、ベッドに寝まちょうね」

赤ちゃん言葉を使って、さっさと奥の部屋へ抱いていってしまった。

ふいに景子は哀しくなった。胸のなかが焼けるように熱くなって、涙があふれた。

辛い思いがわき上がってきて、景子は唇をゆがめながら子供部屋へ向かった。

ベッドにうつぶせて、しばらく嗚咽をこらえていた。耳を澄ますと、奥の部屋からお祖母ちゃんの子守歌が聞こえている。パパとママは、ひさしぶりに差し向かいで、お茶を飲んでいるようだ。楽しそうな笑い声がする。


その日、景子は妹に近づかないようにしていた。お祖母ちゃんは奥の部屋で、ずっとベビーベッドに付き添っている。授乳の時間になると、ママが胸をひろげながら入っていく。そっと覗いてみると、妹は元気よくママの胸にしがみついている。見ているうちに、辛い思いがつのった。

あの子のせいで、あたしはだれにも相手にされなくなったんだわ。あたし、妹なんて、ほしくなかった。


その翌日、景子が学校から帰ると、奥の部屋から大きな泣き声が聞こえていた。

お祖母ちゃんは、そばに付き添っていないらしい。家のなかにママの姿も見えない。

景子はランドセルを放り出して、奥の部屋へ走っていった。ベビーベッドのなかで、妹が顔を真っ赤にして泣きわめいていた。

「よしよし、……こわくないわよ」

景子はベッドの柵のあいだから手を差し入れて、妹の胸を優しくたたいた。

「ほら、お姉ちゃんがいるからね」

妹は躰をよじったが、声は少し静まった。産着の袖から桃色の細い手が出ていて、しきりに何かを求めるようにうごめいた。

「おお、よしよし、いい子ねえ」

景子は人差し指で妹の手を撫でてやった。すると、ぷよぷよした小さな指がからみついてきた。人差し指を握らせると、泣き声は嘘のようにおさまった。

「ああ、……景子」

いきなり背後からママの声が聞こえた。景子は、びっくりして肩をすくめた。

「ありがとう、見ててくれたのね」

駆けてきたらしく、息をはずませている。

「お隣の奥さんにご挨拶してるうちに、お祖母ちゃんがお買い物に行ってるのを忘れて、うっかり話し込んでしまって……」

あわてて帰ってきたのだという。

景子は人差し指を妹にあずけたまま、

「ダメでしょ、あたしの妹をほっといちゃ」

ママを見上げて、怖い顔をしてみせた。

テスト

よわったな、と哲也は思った。先生から返された漢字のテストが、ひどい点数なのだ。また、ママにこっぴどく叱らてしまう。

五年生になってから、国語の成績が落ち込んでいる。自分では勉強しているつもりなのだが、ことに漢字の書き取りがうまくいかない。いつも横の棒が一本足りないとか、ウかんむりとワかんむりをまちがえるとか、つまらないミスばかりやってしまう。

「ちゃんと勉強しないから、ダメなのよ」

ママはテストの結果を見るたびに、まちがえた漢字を百回ずつ書かせる。十個まちがえると、千個の漢字を書かなくてはならない。そんなに同じ漢字ばかり書いていると、いつのまにか頭のなかは空っぽになって、ただ鉛筆を動かしているだけにすぎなくなってくる。

「また、この漢字をまちがえてる。このあいだ百回も書きとりした字でしょうに」

ママはテスト用紙をひらひらさせて、哲也を叱りつける。たくさん書けば覚えるものだと思い込んでいるようだ。哲也は、うんざりしている。ぼくは、こんな単純作業に向いてないんだよ。

哲也は三〇点のテスト用紙を細かくたたみ、胸のポケットに入れて下校した。やだな、また叱られたうえに、百回ずつ書かされちゃうんだ。こんどは七個まちがえてるから、七百個も書かなきゃなんない。

うなだれて歩いていると、ランドセルがやけに重たい。どうせ叱られるなら、ゆっくり帰ってやろうという気持ちになってくる。

ほかの小学生たちが家路を急ぐなかで、哲也はのろのろ歩いた。同級生の浩二くんが追いつき、後ろからランドセルをたたいて、

「おい、元気がないな、どうしたのさ？」

「うん、ちょっと考えごとしてるんだ」

「そうか。……じゃあ、お先に」

いつもなら一緒に話しながら帰るのに、いやにそっけなく追い越していった。

「ああ、さよなら」

と、哲也は力なく応えた。

あいつの点数はよかったのかな。わるくても、ぼくみたいに百回ずつも書かされることはないんだろうな。

ふだんなら十五分ほどの帰り道を倍もかけて歩くうちに、哲也は決心した。

今回のテストはなかったことにしよう。そうだ。用紙を破いてしまえばいいんだ。どうして、いままで、こんな簡単な解決法を思いつかなかったんだろう。

哲也は胸のポケットからテスト用紙を引っ張りだした。細かくたたんだのを両手でひろげながら、そっと道路の端に立ち止まった。

「哲也、そんなとこで何してるの?」

とつぜんママの声が聞こえた。

空耳だと思った。こんなにタイミングよくママがあらわれるはずはない。後ろめたいことをしていると、聞こえないものも聞こえたように思ってしまうらしい。

哲也がテスト用紙を破ろうとしたとき、

「ちょっと、どうしたのよ?」

もういちどママの声がした。びっくりして振り向くと、道路の向こう側に、ほんとにママが怖い顔をして立っていた。買い物の途中らしく籠を提げている。あわててテスト用紙を後ろに隠して、哲也は立ちつくした。ママは道路を横切り、こっちへ歩いてくる。

「遠くから見てたら、ふらふら歩いてるのはあんただけだわよ。おまけに、そんなとこで急に立ち止まったりして」

さっそく叱られてしまった。

哲也は上目づかいにママを見あげた。

「あのう、ちょっと考えごとをしてたんで」

「へええ、考えごとをねえ」

ママは疑い深い目をして、見おろした。

やりとりのあいだに、かろうじてテスト用紙を尻のポケットに突っ込んだ。どうやら見つからなかったようで、ほっとした。

「そうさ。……いままで覚えたウかんむりのつく漢字を思い出してたの」

言ってから、しまったと思った。どうして漢字のことなんか持ちだしたんだろう。

「あらまあ、感心。その調子で勉強すれば、きっと国語の成績も上がるわね」

ママは機嫌よく、うなずいてみせた。

あとで破ればいいや、と哲也は思った。家に帰ってトイレで始末しちまおう。水で流してしまえば、見つかりっこない。

「うんと漢字を練習して、ぼく、一〇〇点取るんだ。……なあに、ワケないよ」

そっと尻のポケットを撫でながら、思いきり胸を張ってみせた。

「それは頼もしいわねえ」

ママは、ますます機嫌がよくなって、

「そうそう、いまそこで浩二くんに会ったけど。……今日は、漢字のテストを返してもらったんだってね？」

と、哲也の前へ手を差しだした。

メッセージ

ママの実家に来て、そろそろ一週間になる。

淳子は自分でも気づかないうちに溜め息をつくことがある。五歳の女の子の溜め息は、せいぜい蚊の羽音ぐらいなものだか、九十歳の曾祖父ちゃんには聞こえるらしい。

「かわいそうになあ、母親が負けん気だと、小さな娘まで苦労するよなあ」

しなびた手をのばして、淳子の髪を撫でようとする。一人暮らしのパパを気づかう淳子の胸中を察してくれている。

六日前の夜、パパとママは大喧嘩をした。原因はよく分からないが、酔って帰宅したパパに対して、ママのふだんの鬱憤が爆発したということだろう。

「なにを言うんだ。……仕事の付き合いで、夜遅くなったのが、わるいというのか」

「仕事って言えばいいかと思って、こんなに毎晩のように仕事の付き合いがあるわけ？」

パパとママが怒鳴り合うのを、淳子はベッドのなかで聞いていた。そういえば、最近は休日のほか、まともにパパとすごしたことがない。朝のパパはいつも二日酔いの寝ぼけまなこだし、夜は淳子の寝たあとに帰宅する。

「いま重要なプロジェクトがスタートしたばかりだから、社内外とのコミュニケーションが必要なんだよ」

パパの言っている意味は、まるで分からないが、ママを説得しようと懸命になっているのは確かなようだ。

「あたしはねえ、もっと家庭を大事にしてもらいたいって言ってるの。……淳子だって、毎晩、パパ早く帰ってこないかなって、淋しそうに待ってるのよ」

それはママの言うとおりだ。パパの帰りを待って、テレビの前でうつらうつらしていると、きまってママに大きな声で叱られながらベッドへ連れていかれる。

「仕事のためなんだから仕方ないだろ。もう少し協力してくれたっていいじゃないか」

「いいえ、もうイヤ。あたし、実家へ帰らせてもらいます」

ママは宣言して、さっそく荷づくりをはじめた。淳子は、そのようすをドキドキしながら、うかがっていた。

翌朝、まだパパが出勤する前に、ママは淳子の手を引いて家を出た。パパは寝ぼけまなこで、哀しそうに見送っていた。

それいらい、パパとママのあいだには、まだ休戦交渉のきざしもない。

なにしろパパから音沙汰はないし、ママのほうからも電話ひとつしていない。これではお祖父ちゃんやお祖母ちゃんばかりか、曾祖父ちゃんまでが心配するのは当たり前だ。

「おまえの母親は、小さなときから気が強くてなあ。……しょっちゅう年上の男の子と喧嘩しちゃ、泣かして帰ってきたもんだよ」

ママは、いまも変わりない。こうしてパパと喧嘩して帰ってきている。パパが泣いているかどうか分からないけれど。

「おまえも、かわいそうにのう。……早く父親のそばへ帰りたいだろうに」

曾祖父ちゃんは目尻に涙をためている。可愛い曾孫のために嘆いているのだ。

「だいじょうぶよ、ひいおじいちゃん」

淳子は、そっとささやいた。

「いまにパパ、きっとむかえにくるわ」

「そうか、ほんとに迎えにくるかね？」

淳子が自信ありげに微笑んでみせると、ようやく曾祖父ちゃんは安心したようだ。

奥の居間では、ママとお祖母ちゃんが話をしていた。ときどき笑い声も混じっている。しかし、ママがけっして平静ではないことを、淳子は知っている。昨夜もママは、なかなか寝つけなかったはずだ。

ママが寝室に来るのを、淳子は眠らずに待ちかまえていて、寝ぼけたふりをする。

「パパ、おかえりなさい」

そうつぶやいて寝返りをうつと、じっと立ちつくすママのけはいを感じる。

じつは三日前から、毎晩やっている。そのたびにママの深い溜め息が聞こえるから、そろそろ効果があらわれはじめているようだ。

翌日、家を出てからちょうど一週間がすぎて――。

とつぜんパパが迎えにやってきた。

「あたし、帰りませんからね」

初めママはすねたふりをしていたが、意外と簡単に折れて、いそいそ荷づくりをはじめた。

曾祖父ちゃんへ挨拶をしに行くと、

「おまえの言ったとおりだね」

シワだらけの頰を動かして、片目をつぶった。淳子も微笑んでウィンクしてみせた。

帰りの電車で、隣に腰かけたパパが淳子の耳に、サンキューとささやいた。

「おまえの言うとおり迎えにきて、ほんとによかった。……たすかったよ」

淳子は満足そうに、うなずいた。

じつは昨日、こっそり家へ電話して、

「パパ、そろそろ、むかえにきていいよ」

留守番電話に、ママには内緒のメッセージを入れておいたのだ。

オムレツ

せっかくの日曜日なのに、パパとママは親戚の結婚式に出席するため、そろって出かけてしまった。

小学四年生の清美は、二人の弟と一緒にお留守番である。上の弟は小学二年生、下は幼稚園の年長組で、両方とも名だたる腕白坊主だ。いくら怒鳴りつけても、なかなか言うことをきかない。こんな弟たちの面倒を一日じゅう見てなきゃなんないなんて。ママから特別手当として千円もらったが、とても引き合わない。よそのベビーシッターだったら、十倍以上はもらうだろう。

清美は不満だらけだった。しかし、弟たちを子供部屋に押し込め、居間のテレビを独り占めにしてソファに沈み込んでいるうちに、こんな一日もいいな、と思えるようになってきた。だいいち、うるさいママがいなくて、のんびりできる。ママがいたら、こんなふうにテレビを観てばかりはいられない。

「これで、そばに勇太くんがいたらなあ」

清美は大きなソファを眺めた。

「勇太くんとならんでテレビを観てるんだったら、どんなに幸せかしら」

同級生の男の子のなかで、いちばん素敵な勇太くん。できたら彼と結婚したいなあと、つねづね思っている。結婚したら、いつも一緒にテレビを観て、紅茶を飲んで、お食事をして。清美の想いはどんどんふくらんでいく。

うっとりしてソファに埋もれていると、弟たちがドタドタと廊下を走ってきて、

「ねえ。おねえちゃん。おなかすいたよう」

「ねえ。おひるごはん、まだあ？」

と、口々に叫んだ。清美は現実に引き戻されて、

「なあに、もうお昼なの？」

時計を見ると、いつのまにか正午をまわっている。

「じゃあ、オムレツでもつくるとするか」

清美がソファから立つと、弟たちは歓声を上げて、先を争うようにダイニングキッチンへ走っていった。

おもむろにママのエプロンをつけて、清美は冷蔵庫からタマゴを六個取りだした。つぎつぎとボウルに割り入れて、牛乳を少し加える。コショウもちょっぴり。泡立て器で、勢いよく掻きまぜる。

フライパンをガスレンジにのせて、ちょっとためらった。火を使わないでね、とマ

マから言われていたことを思い出したのだ。

お昼ご飯は菓子パンと牛乳、おやつはカップヌードルにポットのお湯を入れて、ときめられている。どちらも火を使わないで済むからだ。

「なによ、自分たちはフランス料理なんか食べてるくせに。……子供だって、ちゃんとしたお料理を食べていいはずだわ」

清美は胸をはってレンジの火をつけた。

フライパンを熱していると、背中に弟たちの尊敬にみちたまなざしを感じた。

「ママみたいだね、おねえちゃん」

いつになく神妙な声で上の弟が言うと、下の弟も真似して同じ言葉を復唱した。

清美は、いい気持ちになっていた。

オムレツはママの得意な一品なので、ふだんなら清美はそばで見学しているしかない。小さなころから見ていたので、手順はすっかり頭に入っている。いつかは、自分の手でつくってみたいと思っていたのだ。

「ああ、……ほんとは勇太くんに食べてもらいたいんだけどなあ」

熱したフライパンにバターを入れると、いい香りがたちのぼった。しかし、見るまにバターが焦げていく。あわててタマゴを注ぎ込んだ。とたんに嫌な匂いがした。フライパンから煙がわき上がってくる。

「おねえちゃん、こげてるよう」

弟たちが口々にわめきたてた。

フライパンを熱しすぎたのだと気づいたときは手遅れだった。なんとかタマゴを楕円形にまとめたが、表面はほとんど焦げている。

「こんなオムレツ、やだあ」

お皿に移して、テーブルへ持っていくと、また弟たちが口をそろえてわめいた。

清美は怖い顔をしてみせて、

「ケチャップをかければいいでしょ」

と、厳しく言いわたした。

これが勇太くんだったら、と冷汗の出る思いがした。こんなことじゃ、結婚なんてしてはくれないわね。

「それ、あたしが食べるからいいわ」

清美は急に優しい口調になった。

「こんどは上手につくるから、待っててね」

焦げついたフライパンをきれいに洗って、今度は慎重に熱しはじめた。

弟たちは息をひそめて見守っている。つぎのも焦がしてしまったら、きっとママに言いつけられるにちがいない。火を使ったうえ、焦げたオムレツなんか食べさせたとなると、ぜったいママは、かんべんしてくれないわ。

清美は真剣にフライパンを見つめた。

初恋

　電車が近づいてくると、あの人は厳しい表情になって、ホームの左右へ目をくばる。ランドセルを背負ったユカリは、ホームの柱の陰から、じっと見つめている。あの人は真新しいブルーの制服を着て、同じ色の制帽を目深（まぶか）にかぶっている。年のころは二十歳ぐらいで、ふっくらした頬には大きなニキビの痕が三つある。右手を電車のほうへのばし、つづいて進行方向へのばして、

「よーし、あんぜん、かくにん」

　と、耳ざわりのいいテノールで言う。

ユカリは自分の乗るべき電車がホームに着いても、まだうっとり眺めている。やがて甲高いベルが鳴ると、ランドセルを揺すって、ほかの乗客たちの後から電車に乗り込む。

　ドアが閉まっても、ユカリはガラス越しに見つめている。目の前で、あの人は右手を高く上げている。ニキビの痕が、はっきり見える。今朝は、新しいニキビが顎の先にできている。ユカリは、ふっと微笑む。あれは想われニキビね、きっと。

「はっしゃ、よーし。あんぜん、かくにん」

あの人のテノールが、かすかに聞こえる。

小学五年生のユカリは、学校のある五つ先の駅まで電車で通学している。一年生のときからだから、もう慣れたもので、ほとんどの駅員とも顔なじみだ。

改札係もホームの乗客係も、みんな優しいおじさんばかりで、ユカリが挨拶をすると、

「やあ、いってらっしゃい」

「おかえり、ちゃんと勉強してきたかい」

そう言って、笑いかけてくれる。

ところが、この秋、見おぼえのない駅員がホームに登場した。電車の進入を迎える直立不動の姿勢や、乗客を誘導する動作にも、いかにも新人らしい初々しさがある。

あの人を最初に見かけたとき、ユカリは胸のときめくのをおぼえた。

その日いらい、もう一カ月になる。ユカリは毎朝早めに家を出てきて、登校時間ぎりぎりまでホームですごすことにしている。

残念ながら下校時には、あの人に会うことはできない。ホームの乗客係は交替制になっていて、彼は朝番らしいのだ。下校時なら時間の余裕があるから、ゆっくり会うことができるのに、とユカリは思う。

あわただしい朝のホームでは、話しかけるどころか、挨拶をすることも、そばに近寄ることさえもできはしない。

せめて挨拶だけでも交わせたらという想いが、日を追うごとにつのってくる。

今朝も、ほんのわずかのあいだしか、あの人に会うことができなかった。ユカリは心残りなまま登校したが、授業のさなかにも、ときどき先生の声が消えて、

「よーし、あんぜん、かくにん」

と、あの人のテノールが聞こえてくる。

いつのまにかユカリも、あんぜん、かくにん、とつぶやいている。まわりの席で、みんながクスクス笑っているのも知らないで。

「おい、ユカリ、ぼんやりするんじゃない。まじめに勉強しないと、廊下に立たせるぞ」

気がつくと教壇で先生が叫んでいた。ふだんになく名指しで叱られてしまった。

ユカリは溜め息をついた。これが初恋なのね。あたし、どうしたらいいの。

「どうしたのよ、ユカリ、クラス委員が叱られるなんて珍しいじゃないの」

仲よしの同級生が声をかけてくれたが、胸の内を話すわけにはいかない。なにしろ恋の相手は毎朝ホームで会うだけで、一度だって口をきいたことのない人なのだから。

一日じゅう切ない想いに耐えつづけて、とても勉強に身を入れるどころではなかっ

た。

放課後、ユカリは一人で電車に乗って帰ってきた。駅のホームには、あの人はいない。知っていながらも、つい見まわしていた。

のろのろとホームの階段を上りながら、何度か振り返った。あの人のテノールが聞こえたような気がした。この駅のどこかに、あの人はいるのね。それとも、もう勤務時間を終えて帰ってしまったのかしら。

ユカリは、また溜め息をついて、階段を上りきった。ランドセルに結びつけてある定期入れを、いつものように片手で示しながら、うつむいて改札を抜けようとした。

「やあ、おかえり」

とつぜん懐かしいテノールが、ユカリの頭上から聞こえてきた。

「ちゃんと勉強してきたかい？」

空耳かと思った。しかし、ふりあおぐと、すぐそばで、あの人が笑いかけていた。

思いがけないことで、ユカリはドギマギしてしまった。しかし、見上げているうちに、嬉しさがこみ上げてきて、

「……はい」

と、かろうじて小さな声が出た。

それから自分でもびっくりするような勢いで駆けだした。ユカリの胸の内をあらわ

すように、背中でランドセルが踊っている。

お見舞い

お祖父ちゃんが入院して二週間目に、文子はやっとお見舞いに行くことになった。

それまでは、いくらママに頼んでも、

「もうちょっとしてからね」

と、言われるばかりだった。

だいぶ容体がわるいらしい。ママの話では一日じゅう眠ってばかりいるのだそうだ。

「いま行っても、お祖父ちゃんには、文子がだれか分からないと思うの」

「でも、あたしお祖父ちゃんに会いたいの。お顔を見るだけでいいから、お願い」

ずっと頼みつづけていたので、ママも根負けしたのだろう。今度の日曜日に連れていってあげる、と約束してくれた。

お祖父ちゃんはパパのパパで、今年の夏に八十二歳を迎えた。文子は八歳だから、その十倍以上も、お祖父ちゃんは生きてきた。

お祖母ちゃんが亡くなって十年たつが、お祖父ちゃんは病気一つしないで暮らしてきた。元気なときは、いつも文子をそばに呼んで髪を撫でたり、優しく話しかけたりして可愛がってくれた。

文子もお祖父ちゃんが大好きで、パパやママに叱られたあとなどは、すぐにそばへ駆けていく。すると、どんなに悲しいときでも、かならず気持ちが落ち着いた。

お祖父ちゃんの具合が急にわるくなったのは真夜中だった。文子は眠っていたので、救急車で運ばれていったのを知らなかった。

「ねえ、……お祖父ちゃんは？」

翌朝、文子は探しまわった。そのときは、ママも付き添っていって留守だったので、家のなかが妙にがらんとしていた。

会社を休んだパパが教えてくれた。

「ゆうべ病院に入院したんだよ」

それいらい文子は、お祖父ちゃんに会っていない。いまお見舞いに行っても、お祖父ちゃんには文子のことが分からないだろう、とママは言った。しかし、文子はひそかに確信していた。

あたしがお見舞いに行けば、きっと目をさましてくれるわ。

待ちに待った日曜日が来て、文子はママと一緒に病院へ行った。外は冷たい風が吹きすさんでいたが、病院のなかは暖かかった。お祖父ちゃんの病室は二階の個室だった。カーテンをひらいた窓から冬陽が射し込んでいて、その光のなかにベッドがあった。

お祖父ちゃんはベッドの上に仰向きに寝ていた。目を閉じた顔は別人のようだった。白いヒゲが生えているせいだろうか。

「お祖父ちゃん、文子ですよ」

ママが声をかけても身じろぎ一つしない。目を閉じたままだ。文子は、そっとベッドに近づいて、耳もとに口を寄せた。

「ねえ、お祖父ちゃん、あたしよ」

すると、かすかに反応があった。瞼がぴくりと動いたのだ。文子は嬉しくなって、

「ねえ、お祖父ちゃん、……起きて」

少し大きな声を出すと、また瞼が動いて、わずかに目が開いた。そばでママが、びっくりしたように吐息をついた。

「あら、目がさめたようだわ」

文子はすかさずお祖父ちゃんの目の前に顔を近づけて、もっと大きな声を出した。

「お祖父ちゃん、あたし、分かる？」

毛布が動いて、お祖父ちゃんがゆっくりと手を出した。その手をとると、かさかさの骨ばった指が思いがけないほど強く握ってきた。同時に、ほとんど聞きとれないほどの声で言った。

文子は、お祖父ちゃんの手を揺すった。

「あたし、文子よ。……分かんないの？」

しかし、お祖父ちゃんは、しきりに同じ言葉を繰り返した。やがて、その手の力が消えて、また眠りに入ってしまった。お祖父ちゃんの口から出たのは、女の人の名前らしい。しかし、どこのだれなのか、ママも知らないそうだ。

病院から帰宅したあとも、文子はなんとなくすっきりしない思いだった。

「しずえ、と確かに言ったのかい？」

そのことを話すと、パパは驚いたように聞き返した。目のまわりが赤くなっている。

「それは、……パパのお姉さんだよ」

静江という名前のお姉さんは、およそ五十年前に、空襲で爆弾にやられて焼け死んだ。そのとき七歳だったそうだ。

「パパは戦争が終わってから生まれたので、そのお姉さんを知らないんだ。……だけど、お祖父ちゃんの胸のなかには、まだ生きつづけていたんだね」

空襲の爆弾については、文子にはよく分からなかった。しかし、お祖父ちゃんの胸のなかに生きている静江という七歳の女の子のことは、なんとなく親しく感じられた。

「その子って、あたしの伯母さんなのね」

お祖父ちゃんの手にこめられた強い力を、ふいに思いだした。
こんど握られたら、ちゃんと握り返してあげるわね。

空とぶ布団

妹の志穂と一緒に布団のなかにもぐり込んで、麻里はパパの大きな躰を揺さぶる。

「ねえ、ねえ、おそらをとぼうよ」

すると、寝ぼけまなこのパパはあくびをひとつしてから、太い声で言う。

「ようし。じゃあ、とぼうか。しっかり摑まってないと、落ちちゃうぞう」

麻里と志穂は、きゃあと叫んでパパの躰に両側からしがみつく。三人を乗せた布団が、ふわりと宙に浮く。そのまま窓から外へ。

「さあ、お空をとんでるぞう」

またパパが言うと、麻里と志穂はそっと布団から顔を出して、ほんとだ、ほんとにとんでる、とささやきあう。しかし、二人とも目をつむったままだ。パパも目をとじて話している。

「ほら、ヨッちゃんちの屋根が、あんなに小さく見える。屋根の上で猫が寝てるぞ」

「ほんとだ。わあ、ねてる、ねてる」

と、麻里が言う。すると、志穂もたどたどしく、そっくりに口真似をする。

「ほうら、海が見えてきたぞ。白いお船が浮かんでるだろう。ちょっと下りていって、ご挨拶してこようかな。……やあ、おはよう。どこへ行くの？」

パパが甲板にいる船長さんへ話しかける。麻里も志穂も目をつむったまま、船長さんに微笑みかける。じゃあ、おげんきで。

麻里と志穂は小さな躰をよじって、くすくす笑いだす。つぎは、きっと島が見えるはずだ。二人は、それを期待している。

「さあ、こんどは島が見えてきたぞう」

案の定、パパの飛行は毎朝同じコースだ。幼い二人は、きゃっきゃっと笑いながら、

「きれいなイズミがわいてまあす」

と、声をそろえて言う。

パパは先手を打たれて仕方なく、

「じゃあ、イズミで、お水を飲んでいこう。ほらほら、おいしそうな果物もあるぞ」

空とぶ布団を島の海岸に着陸させる。

三人は、しばらく目をつむったまま、冷たい水を飲み、名も知らない果物にかぶりついたりする。やがて森のほうからライオンが飛びだしてくる。いつものことだ。

「早く乗って。ぐずぐずしてると、ライオンに食べられちゃうぞ。さあ、出発だ」

大急ぎで舞い上がって、危ないところでライオンの牙から逃れる。足のすぐ下で、

ライオンの悔しそうな唸り声がする。

「ああ、こわかった。……では、これからおうちへ帰りまあす。ほら、見えてきたぞ。おうちの屋根が見えるだろ」

空とぶ布団は窓から部屋のなかに飛び込んで、もとのとおり畳の上に着陸する。

「さあ、目をひらいていいぞ」

パパが言うのを待ちかねて、麻里と志穂はぱっちりと目をひらき、懐かしそうに部屋のあちこちを見まわす。

「ああ、おもしろかった。また、あしたね」

約束して、麻里はパパの布団を抜けだす。志穂は、まだぐずぐずとパパの躰にくっついている。また眠たくなったのだろう。

＊

「志穂ったら、あの空とぶ布団のあとは、いつも眠ってしまったわ。おぼえてないの？」

二十七歳の麻里が洗濯ものを片づけながら言った。いままで妹と一緒に幼いころの遊びを思い出していた。

「そうだったかしら。なにしろ三つか四つのころだからね」

「あたしが小学生になる前だもんね」

麻里は、いたずらっぽく微笑んだ。

「ねえ、お父さんもおぼえてるかしら?」

あのころ父親は三十歳になったばかりだったはずだが、いまは五十代に入っている。

「そりゃ、おぼえてるでしょうよ。娘たちと遊んだ思い出なんて、あれぐらいのものだから」

志穂は二十五歳になっても、まだ父親と遊んだ記憶の少ないことを不満に思っているらしい。空とぶ布団ぐらいしか父親に遊んでもらったおぼえはないと、よく言っている。

「そうね、お父さんは忙しい人だから。いまだって、めったに遊んでくれないもの」

大きくなってからも、父親と食事や買い物に行ったことは、数えるほどしかない。

「あの空とぶ布団のときは、お父さんも一緒に楽しんでいたんだと思うわ、きっと」

志穂がつぶやくのを聞いて、とつぜん麻里は、ひらめきをおぼえた。

「ねえ、もういちどやってみない?」

「えっ、何を?」

「空とぶ布団よ。……明日の朝、二人して、お父さんの布団にもぐり込んで」

「そんなことしたら、お父さん、びっくりして、とび上がっちゃうでしょうね」

志穂が、まんざらでもなさそうに笑った。

きっと愉快な思い出になるわよ、と麻里はほくそえんだ。
結婚する前に、もういちどだけ、パパや妹と空をとんでみたい。

あとがき

「毎日グラフ」から小さな物語の連載を頼まれたとき、目の前に浮かんできたのは幼い子供たちだった。そのなかには、わたしの娘や甥姪、近所の子供たちがいた。さらに少年時代の友人たちや、わたし自身の姿もあった。

思えば、だれにでも子供だったころがある。子供のころに感じること考えることを、一つ一つ拾い上げて書いてみようと考えた。それで総タイトルも自然に決まった。デパート、スーパー、ファミリーレストラン、電車、小公園など、さまざまな所で子供たちを観察した。そして気づいたことは、むかしの子供も、いまの子供もまったく変わりがないという、当たり前の事実である。

テレビ、アニメ、テレビゲーム、塾などなど、子供たちの接するものは時代を追うごとに大きく変化している。環境や家庭の状況、遊びや勉強の仕方が変われば、子供は変わるというふうに思われるのも仕方がない。

しかし、そう思うのは大人たちだけで、子供は何も変わってはいない。子供は、いつの世も同じようにナイーブで率直、はにかみ屋で気むずかし屋、ちょっぴり意地悪で小ずるく、そのうえ好奇心にみちている。

むしろ、子供は変わったと思う大人のほうが問題ではないか。もし変わったとすれば、変えた張本人は大人である。大人は、利己主義で拝金主義、無節操で無感動、移り気で恥知らず、そのうえ身勝手ときている。

そうした大人の犠牲にしていながら、いまの子供は変わってしまった、むかしは素直で子供らしかった、と嘆いている。

子供たちは、大人を見る目を持ちはじめただけだ。いいかげんな大人たちに惑わされないように、利用されないようにと用心しているにすぎない。

そのことに気づいたら、だんだん子供たちの目が怖くなってきた。

この本を、むかし子供だった人、少し前まで子供だった人、いまもまだ子供のままの人に捧げたいと思う。

連載中は「毎日グラフ」編集部の松山彦蔵さんに、上梓にあたっては佐藤美智子さんにお世話いただいた。ありがとうございます。

内海隆一郎

一九九四年初夏

文庫版あとがき

子供たちを主人公にしようと決めたのは、じつは河出書房の長田洋一さんのお勧めがあったからだ。『毎日グラフ』で連載をはじめることになったと話したら、「ぜひとも子供の世界をお書きなさい。ぜったい、あなたに向いてます」たちどころに彼の口からアドバイスが飛び出した。『文藝』の編集長に就任したばかりの長田さんは、そのとき、わたしに短編連作を書かせようとしていた。しかし、肝心の打合せはそっちのけで、わたしと子供の世界との相性について、彼は熱心に論じはじめたのである。

そういう次第で、この短編集はできたのだが、長田さんは行きがかりで文庫版の上梓を引き受けてくださった。まさに徹頭徹尾、お世話になったわけである。ところで『文藝』の短編連作のほうだが、これも自然に子供を主人公とすることとなり、瀬戸内海の小島を舞台にした健気な少年の物語ができあがった。

一九九七年初夏

内海隆一郎

小さな世界の大きな歴史

山口　泉

そもそも、なぜ文庫本には「解説」がついているのだろう。

今年、四十二歳になるヤマグチイズミは、しばらくまえに出版社から送られてきていた校正刷りをまえに、昔から不思議だったこのことを、もう一度考えてみた。だって厄介な問題集の後ろに貼りつけてある「解答」をちらちらと覗き見する子どもみたいに、いちいち「解説」に何が書いてあるかを気にしながら本を読むのが面白い人なんて、きっとあんまりいないんじゃないだろうか。

大体、たったいま読み終わった、この作品――ウツミリュウイチロウという人の書いた短い物語の数かずには、どんな「解説」も必要ないような気がする。もともと必要ないものを書くというのは、ずいぶん無理な話だ。

だから、この本に「解説」を書くように依頼してきた知り合いの編集者には、明日になったら断りの電話を入れようと思っている。

……と、この小さな宝石匣(ばこ)のような掌篇小説集の文体を模写して言えば、たぶんこんな感じになるだろうか。

それくらい、ここに収められた四十九篇の物語は平明だ。どの一つを取っても、くだくだしい説明も、ことさらな分析も必要ない姿を示している。

収められた作品の大半について言えることだが、作者はどちらかといえば、ことさら明るい色調の絵具を多く用いる筆遣いを選んでいるようだ。出てくる母親がみな「ママ」（ほんとは優しいんだけど、少しうるさいママ）、父親が「パパ」（だらしないけど、いざというと頼りになるパパ）と呼ばれているところなど、だから一見、微温的な市民社会とその内部にばらまかれた「核家族」の、単なるスケッチのようにも見えなくもない。

だとしたら――と、しばらくして私は思い直してみた。もしかすると、この本は、そのあまりにさりげない外見のために、一篇一篇が秘めている「世界」の大きさと「闇」の深さとが、ともすれば見落とされてしまうようなこともないとは限らない。小さな世界の小さな人びとの物語が、だからといってそのまま、物語としても「小さなもの」だと決めつけられて扱われてしまうとすれば、それはずいぶん残念な話だ。せっかく「解説」を依頼された者として、果たすべき仕事は、実はまだ残っているのかもしれない。そして「こんなふうに思っているのは自分だけなのか」というひそかな気持ちを、誰かのそれと較べて、自分と他人との感想の似ているところや違ったところについて確かめてみるという作業のためにだったら、やっぱり文庫本の「解説」にも意味はあるのかもしれない。

そんな気が、私にも少し、してきた。

この小さな本に収められているのは、大きな物語である。それを「世界のかたみ」と言ってしまったら、実は「世界」という言葉に意味がなくなり、「世界」に「中心」などないこともまた明らかになってしまう――そんな、この世の中のあちこちで起こっている重大な「歴史」が、ここにはちょうど、「昆虫採集」の博文が夢見てついに果たせなかった標本箱のように、その羽根の玉虫色の光沢をまだはっきり留めたまま、展翅板にひっそりとピンで留められている。

まだ「自分」と「他人」との中間の曖昧な位置にとどまっている段階の「親」について（とてもたくさん）。最初の「他人」としての兄弟について（「小さな指」「二人だけで」「ぼくのコピー」「指しゃぶり」「お手本」そのほか、たくさん）。それから、空間的にも時間的にも距離を持った存在としての祖父母について（「長すぎる袖」「メッセージ」など）。「いとこ」という厄介な存在（「長すぎる袖」など）や、「おじさん」や「おばさん」という変てこな存在について（「歯が痛い」など）。

隣近所の住人について（「おしゃべり」「隣の犬」など）。最初に参加させられる

「組織」としての保育園や幼稚園、学校で出会うことになる同世代者について（「お世話やき」「ビリ」など、たくさん)。そして、さらに「外部」の人びとについて(「人見知り」「初恋」「迷子になったら」「恐竜の中身」など)……。

では、小さなことが描かれているというだけなのに、それが大きな物語となるのはなぜだろう? それは、その小さな事柄が、けれど人間が「世界」と出会うための道筋の要となっているようなものばかりだからだ。

何かが自分の内部から開花し始めるような、外部に対する新鮮な感覚が語られ(「海へ」「子猫」「メガネ」「青虫」など)、決して子どもだけではないにしろ、明らかに子どもにならより直接の喜びとともにそなわった、あの「夢見る力」はとどまるところを知らない(「天井の顔」「友だち」「絵本のなか」など)。さらに膨らみ、溢れだすエネルギーが、ときとして思いがけないアナーキーな狂宴(オルギア)を招き寄せることもあるだろう。「家へ帰れば、ママにこっぴどく叱られるにきまっている。どうせのことだから、いまのうち楽しむほうがいい」(「もう止まらない」)「まだまだよ。……これから、もっと美しくなりますわよ。お待ちになってね」(「おめかし」)

「そうそう、そういうことって確かにある」という感覚(「よそゆき」など)や、自分を子ども扱いする大人たちへのいらだち(「思い出」など)を抱えているうち、小さな「世界」にも少しずつ小さな「歴史」が堆積してゆき(「バスタオル」「幼なじみ」「お見舞い」など）――そして自分自身でも気づかないうちに、一つの時代は終わって、次の時代が始まろうとしている。「おにーたん」と呼びながら背中に手を伸ばす男の児の甘いミルクの匂い（「アリンコの列」）。「お手紙っていいわねえ。……だって、なんべんでも読めるんだもん」という喜び（「手紙」）。

すべては、思っていたより少しずつうまくいかない。だけど、次にはうまくいきそうな気もする。だから主人公たちは次第に、自分自身が生まれた、この「世界」という場所の輪郭をはっきり確認するというゲームに熱中しはじめるだろう。それはまた、どんな〝幻想小説〟よりも幻想的な――この「世界」の奥行きの深さと、そのあちこちに生じた不思議な裂け目を垣間見る経験でもあったりする。

「あれがタカシおじちゃんじゃないなんて。そんなのウソだ。ぜったいウソだい」（「人見知り」）

すると、実はそれまでなんの曇りもなく輝いていたはずの「世界」のどこかに、かすかな歪みや翳りが生じ始めていることにも……彼らはふと気づくかもしれない。

「あのおじさんの無精髭がのびた顔まで、まざまざとおぼえている。疲れきった表情で、黙々とソフトクリームを食べていた」（「思い出」）

まだ完全にはそうと認識していないにせよ、ある胸苦しい予感のようなものを抱いて、これから生きなければならない「世界」に子どもたちが身を乗り出し、その深い淵を覗き込んでいる瞬間がある。すると――「世界」はそこから、まだ見たことのない深い裂け目の底まで、理不尽にも切断されていることが分かるのだ。しかし、真由美のパパはなかなかあらわれない」(「ベランダから」)

ある日、自分に一通の手紙が手渡されることが……向こうの角から、一人の人間が現われることが――歴史の教科書に書かれているどんな大事件より、その本人にとっては重大だという場合が、たしかにある。「世界」は少なくとも、そこに生きている人間の数だけ、さまざまな形や色彩とともに存在しているのだから。そして「歴史」とは実は、そうした小さな出来事が無数に寄り集まって成り立っているのだから。それとも関係することかもしれない。この物語では、現代が「子ども」に対して苛酷な時代であるといった見解を、作者は俗論として注意深く斥けているように思われる。「前に行ったときのことは、かすかにおぼえている。海の色や波の寄せるさまや、波の音が記憶にある。しかし、もしかするとテレビの画面で観た情景かもしれない」(「海へ」)――こうした部分は、だから四十九篇全体を通じても、さほど多くない。

各篇にドビュッシーのピアノ曲集を思わせる印象深い題名のつけられた、この掌篇小説集は、こうしていかにも「成長過程にある人間」としての「子ども」の「百科全書」といった趣を呈している。だが、果たしてそれだけだろうか。

「ママは顔をこわばらせてうなずくと、ドレスにすがりついている光夫を払いのけて、ぎごちなく舞台のほうへ歩きだした」（「ママの出番」）

「圭子は立ちすくんで、ママを見守った。どことなく、いつものママとはちがう。人を寄せつけない、冷たい空気を全身にまとっている。まるで別人のようだ」（「月の光」）

「世界」の、ふだんは表皮に覆われた、その底の冷たい手触り。ここまで読み進むと、この掌篇小説集は「視点」が子どもに据えられているだけで、実は「すべての人びとの物語」であることに気づく。

だからこそ、この作品集では、子どもたちにおける「性」の問題は、むしろ副次的な点景として淡彩で素描されるにとどまっている（「忘れんぼ」「オムレツ」）。それより作者は、「月の光」や「空とぶ布団」のような、むしろ「子ども」から見た「異性としての親」の深淵をさりげなく垣間見せるという、小説として、より野心的な試みの方に惹かれているようだ。

こうした、連作のなかでも最も濃い闇が紫水晶のように結晶した部分に視線を止めると、くすんだ色をした「現実」の「世の中」の、ざらざらする粗い手触りを感じながら、なおある一点に踏みとどまろうとしている作者の姿が浮かび上がってくる。それは、動物園の「木陰のベンチにぽつんと腰かけて」（「思い出」）、ひとり黙黙とソフトクリームを食べ続けているおじさんの――その、何かに耐えている後ろ姿なのかもしれない。

「誰もが」子どもであったとしても、しかし実はそのすべてを見渡したところで、ほんとうにそっくり同じものは一つもない。限りなく似通った部分を持ちながら、しかもその一つ一つがまったく異なった、大きな「類似性」のドラマは、きょうも無数に生きられつづけている。

この人たちにも「思い出」が必要だし、そしてそれはいくらでも作りだしていくことができるのだ。この本のめざしているものは、その——いまなお人間が生まれ、生きつづけようとしているという事実へのいたわりのようなものにも、私には思われた。

本書は「毎日グラフ」（'93年1月3日／10日合併号〜'93年12月26日号）に連載され、一九九四年六月五日、毎日新聞社から単行本として刊行されました。

だれもが子供（こども）だったころ

一九九七年 九 月二四日 初版発行
二〇二二年 三 月一〇日 新装版初版印刷
二〇二二年 三 月二〇日 新装版初版発行

著　者　内海隆一郎（うつみりゅういちろう）
発行者　小野寺優
発行所　株式会社河出書房新社
〒一五一-〇〇五一
東京都渋谷区千駄ヶ谷二-三二-二
電話〇三-三四〇四-八六一一（編集）
〇三-三四〇四-一二〇一（営業）
https://www.kawade.co.jp/

ロゴ・表紙デザイン　粟津潔
本文フォーマット　佐々木暁
印刷・製本　凸版印刷株式会社

Printed in Japan　ISBN978-4-309-41878-0

少年アリス

長野まゆみ　40338-0

兄に借りた色鉛筆を教室に忘れてきた蜜蜂は、友人のアリスと共に、夜の学校に忍び込む。誰もいないはずの理科室で不思議な授業を覗き見た彼は教師に獲えられてしまう……。第二十五回文藝賞受賞のメルヘン。

超少年

長野まゆみ　41051-7

本当の王子はどこに？　……十三歳の誕生日。スワンは立て続けに三人の少年から“王子”に間違えられた。王子は〈超（リープ)〉中に事故にあい、行方不明になっているという。〈超〉人気作、待望の文庫化！

兄弟天気図

長野まゆみ　40705-0

ぼくは三人兄弟の末っ子。ちィ坊と呼んでぼくをからかう姉さんと兄さんの間には、六歳で死んだ、もう一人の兄さんが居た。キリリンコロンの音とともに現れる兄さんそっくりの少年は誰？

コドモノクニ

長野まゆみ　40919-1

きっとあしたはもっといいことがある、みんながそう信じていた時代の子どもの日常です（長野まゆみ)。——二十一世紀になるまであと三十一年。その年、マボちゃんは十一歳。懐かしさあふれる連作小説集。

野川

長野まゆみ　41286-3

もしも鳩のように飛べたなら……転校生が出会った変わり者の教師と伝書鳩を育てる仲間たち。少年は、飛べない鳩のコマメと一緒に“心の目”で空を飛べるのか？　読書感想文コンクール課題図書の名作！

野ばら

長野まゆみ　40346-5

少年の夢が匂う、白い野ばら咲く庭。そこには銀色と黒蜜糖という二匹の美しい猫がすんでいた。その猫たちと同じ名前を持つ二人の少年をめぐって繰り広げられる、真夏の夜のフェアリー・テール。

真夜中の子供

辻仁成　41800-1

日本屈指の歓楽街・博多中洲。その街で真夜中を生きる無戸籍の少年がいた――凶行の夜を越え、彼が摑みとった自らの居場所とは？　家族の繋がりを超えた人間の強さと温かさを描く感動作。

しき

町屋良平　41773-8

“テトロドトキサイザ2号踊ってみた”春夏秋冬――これは未来への焦りと、いまを動かす欲望のすべて。高２男子３人女子３人、「恋」と「努力」と「友情」の、超進化系青春小説。

犬はいつも足元にいて

大森兄弟　41243-6

離婚した父親が残していった黒い犬。僕につきまとう同級生のサダ……やっかいな中学生活を送る僕は時折、犬と秘密の場所に行った。そこには悪臭を放つ得体の知れない肉が埋まっていて⁉　文藝賞受賞作。

学校の青空

角田光代　41590-1

いじめ、うわさ、夏休みのお泊まり旅行…お決まりの日常から逃れるために、それぞれの少女たちが試みた、ささやかな反乱。生きることになれていない不器用なまでの切実さを直木賞作家が描く傑作青春小説集

蹴りたい背中

綿矢りさ　40841-5

ハツとにな川はクラスの余り者同士。ある日ハツは、オリチャンというモデルのファンである彼の部屋に招待されるが……文学史上の事件となった百二十七万部のベストセラー、史上最年少十九歳での芥川賞受賞作。

インストール

綿矢りさ　40758-6

女子高生と小学生が風俗チャットでひともうけ。押入れのコンピューターから覗いたオトナの世界とは⁈　史上最年少芥川賞受賞作家のデビュー作、第三十八回文藝賞受賞作。書き下ろし短篇「You can keep it.」併録。

KUHANA!

秦建日子　41677-9

１年後に廃校になることが決まった小学校。学校生活最後の記念というタテマエで、退屈な毎日から逃げ出したい子供たちは廃校までだけ赴任した元ジャズプレイヤーの先生とビッグバンドを作り大会を目指す！

ブルーヘブンを君に

秦建日子　41743-1

ハング・グライダー乗りの蒼太に出会った高校生の冬子はある日、彼がバイト代を貯めて買った自分だけの機体での初フライトに招待される。そして10年後——年月を超え淡い想いが交錯する大人の青春小説。

平成マシンガンズ

三並夏　41250-4

逃げた母親、横暴な父親と愛人、そして戦場のような中学校……逃げ場のないあたしの夢には、死神が降臨する。そいつに「撃ってみろ」とマシンガンを渡されて⁉　史上最年少十五歳の文藝賞受賞作。

ヒーロー!

白岩玄　41688-5

「大仏マン・ショーでいじめをなくせ‼」学校の平和を守るため、大仏のマスクをかぶったヒーロー好き男子とひねくれ演劇部女子が立ち上がる。正義とは何かを問う痛快学園小説。村田沙耶香さん絶賛！

野ブタ。をプロデュース

白岩玄　40927-6

舞台は教室。プロデューサーは俺。イジメられっ子は、人気者になれるのか⁈　テレビドラマでも話題になった、あの学校青春小説を文庫化。六十八万部の大ベストセラーの第四十一回文藝賞受賞作。

ブラザー・サン　シスター・ムーン

恩田陸　41150-7

本と映画と音楽……それさえあれば幸せだった奇蹟のような時間。「大学」という特別な空間を初めて著者が描いた、青春小説決定版！　単行本未収録・本編のスピンオフ「糾える縄のごとく」＆特別対談収録。

歌え！多摩川高校合唱部

本田有明　41693-9

「先輩が作詞した課題曲を歌いたい」と願う弱小の合唱部に元気だけが取り柄の新入生が入ってきた——。ＮＨＫ全国学校音楽コンクールで初の全国大会の出場を果たした県立高校合唱部の奇跡の青春感動物語。

ラジオラジオラジオ！

加藤千恵　41680-9

わたしとトモは週に一度だけ、地元のラジオ番組でパーソナリティーになる——受験を目前に、それぞれの未来がすれちがっていく二人の女子高生の友情。新内眞衣（乃木坂46）さん感動！の青春小説。

青春デンデケデケデケ

芦原すなお　40352-6

一九六五年の夏休み、ラジオから流れるベンチャーズのギターがぼくを変えた。“やーっぱりロックでなけらいかん”——誰もが通過する青春の輝かしい季節を描いた痛快小説。文藝賞・直木賞受賞。映画化原作。

ハル、ハル、ハル

古川日出男　41030-2

「この物語は全ての物語の続篇だ」——暴走する世界、疾走する少年と少女。三人のハルよ、世界を乗っ取れ！　乱暴で純粋な人間たちの圧倒的な“いま”を描き、話題沸騰となった著者代表作。成海璃子推薦！

青が破れる

町屋良平　41664-9

その冬、おれの身近で三人の大切なひとが死んだ——究極のボクシング小説にして、第五十三回文藝賞受賞のデビュー作。尾崎世界観氏との対談、マキヒロチ氏によるマンガ「青が破れる」を併録。

不思議の国の男子

羽田圭介　41074-6

年上の彼女を追いかけて、おれは恋の穴に落っこちた……高一の遠藤と高三の彼女のゆがんだＳＳ関係の行方は？　恋もギターもＳＥＸも、ぜーんぶ“エアー”な男子の純愛を描く、各紙誌絶賛の青春小説！

二匹

鹿島田真希　40774-6

明と純一は落ちこぼれ男子高校生。何もできないがゆえに人気者の純一に明はやがて、聖痕を見出すようになるが……。〈聖なる愚か者〉を描き衝撃を与えた、三島賞作家によるデビュー作＆第三十五回文藝賞受賞作。

そこのみにて光輝く

佐藤泰志　41073-9

にがさと痛みの彼方に生の輝きをみつめつづけながら生き急いだ作家・佐藤泰志がのこした唯一の長篇小説にして代表作。青春の夢と残酷を結晶させた伝説的名作が二十年をへて甦る。

きみの鳥はうたえる

佐藤泰志　41079-1

世界に押しつぶされないために真摯に生きる若者たちを描く青春小説の名作。新たな読者の支持によって復活した作家・佐藤泰志の本格的な文壇デビュー作であり、芥川賞の候補となった初期の代表作。

大きなハードルと小さなハードル

佐藤泰志　41084-5

生と精神の危機をひたむきに乗り越えようとする表題作はじめ八十年代に書き継がれた「秀雄もの」と呼ばれる私小説的連作を中心に編まれた没後の作品集。作家・佐藤泰志の核心と魅力をあざやかにしめす。

岸辺のない海

金井美恵子　40975-7

孤独と絶望の中で、〈彼〉＝〈ぼく〉は書き続け、語り続ける。十九歳で鮮烈なデビューをはたし問題作を発表し続ける、著者の原点とも言うべき初長篇小説を完全復原。併せて「岸辺のない海・補遺」も収録。

十九歳の地図

中上健次　41340-2

「俺は何者でもない、何者かになろうとしているのだ」——東京で生活する少年の拠り所なき鬱屈を瑞々しい筆致で捉えたデビュー作。全ての十九歳に捧ぐ青春小説の金字塔。解説／古川日出男・高澤秀次。

著訳者名の後の数字はISBNコードです。頭に「978-4-309」を付け、お近くの書店にてご注文下さい。